# História de contar o Brasil

Um carroção de causos de
Rolando Boldrin

Rolando Boldrin

# História de contar o Brasil
## Um carroção de causos de Rolando Boldrin

Ilustrações de Carlinhos Müller

*Copyright* © 2012 Rolando Boldrin
Todos os direitos desta edição reservados à Editora Nova Alexandria Ltda.
Em conformidade com a nova ortografia.

Editora Nova Alexandria
Avenida Dom Pedro I, 840
01552-000 – São Paulo-SP
Fone/fax: (11) 2215-6252
Site: www.novaalexandria.com.br
E-mail: novaalexandria@novaalexandria.com.br

*Preparação*: Marco Haurélio
*Capa*: Viviane Santos sobre foto de Pierre Yves Refalo
*Diagramação*: Viviane Santos
*Ilustrações*: Carlinhos Müller
*Revisão*: Juliana Messias

---

CIP-BRASIL. CATALOGAÇÃO-NA-FONTE
SINDICATO NACIONAL DOS EDITORES DE LIVROS, RJ

B672h

Boldrin, Rolando, 1936-
  História de contar o Brasil : um carroção de causos de Rolando Boldrin / Rolando Boldrin. - São Paulo : Nova Alexandria, 2012.
    il.

  ISBN 978-85-7492-356-7

  1. Conto brasileiro. I. Título.

12-4486.                    CDD: 869.93
                            CDU: 821.134.3(81)-3

28.06.12  05.07.12                              036717

# SUMÁRIO

| | |
|---|---|
| *Os quatro cavaleiros do após-calipso e a dama* | 09 |
| *O que é causo?* | 17 |
| O tipo mais querido | 22 |
| Coisas do Chico Alegria | 25 |
| Tem outra do Chico | 27 |
| Sem medo de injeção | 28 |
| Os desocupados da praça | 32 |
| Por falar em desocupados | 33 |
| Um cantor muito popular | 34 |
| Viciados em truco | 36 |
| Exposição de touros | 39 |
| Vendedor de canários | 41 |
| Muito elogio atrapalha | 43 |
| Os engenheiros do Governo | 45 |
| Preenchendo a ficha | 48 |
| Compadre politizado | 51 |
| O sabidão da política | 52 |
| E o sabidão continua na sua aula | 53 |
| A mentira braba | 54 |
| Moleque respondão ou Tico na escolinha | 56 |
| No escuro do cinema | 58 |
| O peladão | 60 |

| | |
|---|---:|
| A porta giratória | 61 |
| Larápio cara de pau | 63 |
| Muita consideração | 64 |
| Futebol na fazenda | 65 |
| Outro larápio cara de pau | 66 |
| Girafa aqui, nem pensar | 67 |
| Espirro de goiano | 69 |
| Eta burro brabo! | 70 |
| Se conselho fosse bom... | 72 |
| Sonho muito bom | 74 |
| Isso que é fidelidade | 76 |
| Vá tapear outro | 77 |
| Unha de fome | 78 |
| Consulta médica | 79 |
| Deus pode tudo | 80 |
| Caso "quase" perdido | 81 |
| Fazendão | 83 |
| Ônibus lotado | 84 |
| Ovos mais caros | 86 |
| Comendo pão na rua | 88 |
| Lugar bom pra pescar | 89 |
| Os primos da roça | 91 |
| Retratista gozador | 92 |
| Eta briga feia! | 93 |
| Solidários na dor | 96 |
| Esses políticos | 98 |
| Que amor, hein? | 99 |

| | |
|---|---:|
| Tirada caipira | 100 |
| Outra tirada | 101 |
| O gaúcho ao volante | 103 |
| Povinho duro de pagar imposto | 106 |
| Munheca de leitoa | 107 |
| Trocando os bichos | 108 |
| E por falar em purgante | 109 |
| Quem mandou perguntar? | 112 |
| Diálogo bem rápido | 114 |
| Pintar os ovos | 115 |
| Um casal saudoso | 117 |
| A escolinha da roça | 120 |
| O Joãozinho | 122 |
| Escorregão da professora | 123 |
| Aula de matemática | 125 |
| A franqueza da criança | 126 |
| Doce ingenuidade | 129 |
| Crença e descrença | 130 |
| Capinando na hora da Ave-Maria | 131 |
| Orador evangélico | 133 |
| O que num faz a pinga? | 134 |
| Eta cachaça mardita! | 136 |
| Sempre a "mardita" | 137 |
| Me empresta a garrafa | 140 |
| "Eluarado" de cachaça | 142 |
| Cavalo morto é mais caro | 144 |
| O Adãozinho dos cavalos | 146 |

| | |
|---|---|
| Se é pra mentir... | 148 |
| Ô mintirinha boa! | 149 |
| Uma questão de fonética | 151 |
| Prosinha boa | 152 |
| Vingança da defuntada | 154 |
| Assombração | 158 |
| Conversa em velório | 159 |
| Mais conversa em velório | 161 |
| O galo arrepiado | 162 |
| A vantagem do alemão | 164 |
| Barbeiro muito criativo | 166 |
| Os olhinhos do bebê | 168 |
| Quem pergunta quer resposta | 170 |
| Quem mandou ter nome comprido? | 173 |
| Pra obedecer ao delegado | 174 |
| A eficiência da polícia | 175 |
| Dito Preto e o fordeco | 176 |
| As mocinhas e o caipira | 180 |
| Nomes esquisitos de criança | 181 |
| Conversa de caçador | 182 |
| Passageiro sem bilhete | 183 |
| Viajante dorminhoco | 185 |

# Os quatro cavaleiros do após-calipso e a dama

Foi assim:
Corriam soltos — ou aos saltos — os anos de 1970, quando, num belo dia, o ator Lima Duarte, velho companheiro dos tempos da extinta TV Tupi, chega com um convite que era uma ordem:
— Te prepara hein, compadre Boldrin. Nós dois vamos pra Maceió com Tônia Carrero, Millôr Fernandes e o Rubem Braga. Fomos convidados a participar de um *entrevero* cultural no Teatro Deodoro. — E explica: — A Tônia vai interpretar um texto com o Millôr, o Rubem vai na "tropa" porque, além de importante escritor, é também amigo de longa data da Tônia e do Millôr, e olha que essas três feras ainda nos darão o privilégio de boas prosas nos dois dias em que a gente vai ficar por lá. E olha que de prosa essa *cambada* entende, viu, compadre. Eu e você vamos pra encerrar o *entrevero* com o *SER TÃO SERTÃO*.

Disse isso num fôlego, riu e sumiu no corredor da TV Bandeirantes que era justamente onde eu arriscava na época umas caretas como ator de novelas (*Cara a cara / Cavalo amarelo* etc.).

Sumiu sem ouvir minha resposta de "sim" ecoada no espaço vazio. Pensei: "Meu Deus. Fazer parte desta *trupe* vai ser uma aventura".

SER TÃO SERTÃO, a que o Lima Duarte se referira, era um recital sobre Guimarães Rosa, que nós havíamos montado com a intenção de — segundo ele — darmos uns *tirinhos* por aí, expressão inventada por ele, quando a gente queria faturar alguma graninha por fora, pois viver só das novelas era barra.

Por falar nisso, nesta época o grande sucesso da Globo era Odorico, *O Bem Amado*, no qual o Lima dava vida ao lendário cangaceiro Zeca Diabo.

Lá fomos nós pra Maceió.

Nem preciso contar que a apresentação no Teatro Deodoro "apinhocado" de alagoanos foi um estrondoso sucesso.

Já na abertura da cortina a sempre linda Tônia Carrero abrira também o bico do público com a peça do Millôr.

Rubem Braga e Millôr Fernandes na cidade, mesmo não sendo figuras muito conhecidas fisicamente, tiveram o reconhecimento da fama pela importância de suas obras antológicas.

O Lima, como sempre, "banhou-se" na interpretação das escritas de *Grande Sertão: Vere*das, de Guimarães.

A gente se apresentava de forma elegante, de

*smoking*. Eu ponteava uma violinha cantando o *Boi amarelinho* e contracenava com o Lima entre uma história de jagunço do bando do Hermógenes e Joãozim Bembém.

Teve até o causo de um enorme macaco que os jagunços, com a fome de cinco dias corridos da polícia, mataram, assaram no espeto, comeram gostosamente, lambendo os beiços, e depois é que se descobriu que o tal macacão era o "Agenor Soronho", filho duma preta *véia* que aparecera no acampamento perguntando por ele.

Pois bem. Ao final da *função* na frente do Teatro Deodoro teve aplausos e ovações num grande tumulto.

Na porta do teatro, o público correu pra cima do Lima como abelhas na colmeia. Um "despotismo de gente", como diria Catulo da Paixão Cearense (mulher de montão).

Eu, até então um desconhecido no Nordeste, pois o programa *Som Brasil*, da Globo, ainda não havia nascido, me contentava, do outro lado da rua perto de um Rubem Braga resmungão, a esperar o final do assédio ao Lima, que, entre berros frenéticos de "Zeca Diabo! Zeca Diabo! Zeca Diabo!...", distribuía autógrafos.

Minha garganta já clamava por uma boa cervejinha gelada ou um gole de cachaça da boa à beira da piscina do hotel Jatiúca, até por que tinha sido assim o "combinado", considerando-se que Maceió, além de nos oferecer o calor humano da cordialidade, oferecera também o calor do verão efetivo. A maior "pedida" pra finalizarmos a festa, sem dúvida, seriam uns poucos e agradáveis momentos noturnos.

Eufórico como um moleque travesso de São Joaquim, eu esperava ansioso pela primazia de dividir momentos de prosas e pensamentos na companhia daqueles quatro monstros sagrados da nossa cultura. Tônia, Millôr, Lima e Rubem Braga. Figuras que, certamente, gravariam em minha memória as emoções daquelas horas que passariam velozmente como um doce vento de Maceió.

Como ia dizendo, Rubem Braga e eu esperávamos ansiosos na rua, que o Lima se desvencilhasse do amontoado de fãs que, além de solicitar autógrafos como eu já disse, continuava berrando num coro estridente: "Zeca Diabo! Zeca Diabo! Zeca Diabo!..."

Foi quando o "impaciente" Rubem, não perdendo a chance de mostrar-me em primeira-mão seu espírito de gozador nato, numa fala curta segredou-me aos ouvidos:

— Boldrin, vamos embora, por que daqui a pouco o Lima vai acreditar ser de fato o Zeca Diabo e vai sair por aí dando "peixeirada", furando todo mundo! Vamos...

E fomos. Mas... sempre existe um mas — como diria Plínio Marcos —, antes de irmos para o hotel, uns "cabras mandados" nos *sequestraram* e nos conduziram para a casa de um político (do qual não lembro o nome) para as devidas comemorações.

Haveria na casa do tal político comidinhas e bebidinhas para todos. Coisas circunstanciais de político quando vê artista.

Só depois de algum tempo, finalmente chegaríamos ao hotel para a combinada roda de prosa à beira da piscina.

Como sempre "aloprado" e já meio calibrado desde a recepção do político (do qual não lembro o nome), acabei dando um homérico mergulho, sem tirar os sapatos nem o resto. Só pra refrescar.

Rubem pede a um garçom solitário algo pra beber... Millôr também... Lima, idem e a Tônia solicita educadamente uma xícara de chá quente de... gengibre.

A noite estava esplendorosa, se é que ainda me dão licença para utilizar, numa crônica, esta vaga expressão linguística.

Noite indescritível, seria o correto, para uma roda de prosa que finalmente se formara ali com aquelas quatro criaturas.

Inimaginável, para os pensamentos e assuntos brilhantes oriundos das respectivas cabeças.

Rubem Braga, Tônia Carrero, Millôr Fernandes e Lima Duarte estavam ali, à beira de uma piscina em Maceió proseando até o raiar do dia tendo Deus (e eu) como plateia.

Ah? E a lua? A lua nesta noite mostrava-se acesa e do tamanho de um balão gigante caminhando lentamente no céu das Alagoas como se fora contratada só pra espiar a gente.

Durante todo o tempo transcorrido ali, eu, que sempre tivera fama de *proseador*, quis ser apenas... *ouvidor*.

Falei pouco... quase nada... e se tivesse me quedado "mudo-de-pedra" não estaria arrependido.

Hoje, ao me atrever a escrever esta crônica, quarenta anos depois do ocorrido, faço-o tão somente na intenção de registrar minha eterna e doce "lembrança" daqueles momentos vividos de forma gloriosa.

Não contarei aqui nenhum dos causos que ouvi, embora lembre tintim por tintim de tudo o que foi proseado por aqueles cavaleiros e por aquela dama naquela noite em Maceió.

Juro que não esqueci de nada. Lembro-me com detalhes até de uma pequena e inusitada observação que de repente eu fizera ao Millôr sobre as suas mãos de não fumante.

Comentara que a característica gestual da maioria dos fumantes (na qual eu me incluía, na época) era uma inquietação visível. E que, no seu caso, eu reparara, suas mãos eram tranquilas. Seus gestos lentos e seguros.

Digo também que naquela noite esplendorosa, cheia de sabedoria, acabei até por constatar, através da Tônia, que todos os nomes de bebida ou alimentos energéticos advindos da natureza começam curiosamente com a letra G. Gengibre, guaraná, ginsen, geleia real, e por aí vai...

Pois bem: quase quarenta anos se passaram. O tempo voou igual ao tempo doce do vento de Maceió daquela noite.

Hoje, depois de tanto tempo, de repente me pergunto:

— Onde estarão aqueles quatro cavaleiros e aquela linda dama da minha memória?

Lima Duarte, o grande ator, continua fazendo *caretas* na Globo e, vez ou outra, até dá um *proseado* comigo.

Tônia Carrero, a brilhante dama, nunca mais cruzou caminhos comigo.

Millôr Fernandes, como o "coqueiro abatido pelos anos" da canção, acabou viajando com oitenta e oito anos, no ano de 2012, deixando sua marca de artista-filósofo único. Inesquecível em suas ironias contundentes e pensamentos que nos cobram inteligência e humor singulares.

E Rubem Braga, nosso cronista maior... bem, o Rubem... tendo já "viajado fora do combinado", em 1990, hoje com certeza estará contando histórias, iguais à história de um de seus lindos contos, *Eu e Bebu*, escrito há muito tempo e que tive também a ousadia de adaptar e gravar numa moda declamada.

Digo mais: o Rubem Braga que conheci naquela noite esplendorosa deve estar agora "rodeado" de uma numerosa e linda plateia de anjos, tendo ao centro, sentadinho na primeira fila, o seu Mentor Maior. O seu diferenciado DEUS. Aquele Personagem que no referido conto (*Eu e Bebu*) acabara por vencer a eleição como "Prefeito Eterno" numa acirrada disputa com o OUTRO.

Mas o palco, onde o grande cronista conta hoje "ao vivo e a cores" seus causos, será com certeza o palco de um teatro bem diferente do Teatro Deodoro de Maceió.

Diferente também de todos os teatros do Brasil e do mundo.

E muito longe. Bem distante da casa do tal político (de cujo nome até hoje não me lembro).

E eu, o insignificante "cavaleiro" daquela noite em Maceió, estou ainda hoje aqui, a contar (no papel) esta linda e real história.

História, que poderei um dia, quem sabe, levar para a TV, como um delicioso causo do SR. BRASIL.

*O Autor*

# O que é Causo?

É sabido que, no convívio diário com as pessoas, cada um de nós vive a participar de um grande e variado leque de "lances" cênicos reais.

Lances esses numerosos e com seus enredos tão diversos que é perfeitamente natural acontecerem, de repente, pequenas e inusitadas situações com desfechos que trazem em si um toque de humor, de graça, de comicidade.

Quando reproduzidos por terceiros, em tom jocoso e criativo em forma de historinhas contadas, os referidos lances provocam sempre o riso em quem os ouve.

A esses pequenos e pitorescos momentos de cada um de nós, e por terem sempre um leve toque de humor sadio no conteúdo, resolvi apelidá-los de CAUSOS.

CAUSO, aliás, é um termo já famoso e no dicionário *Aurélio*, vem traduzido por: "uma história contada".

O que justifica estar perfeitamente correto dizer-se CAUSO, não sendo, portanto, esta palavra, como muita gente pensa, um jeito errado ou "caipiresco" de dizer CASO, com o U no meio (*caso* sem o U é outra coisa).

Pois bem...

Lá pelas bandas donde eu nasci e vivi minha molequice e adolescência por um *bão* tempo, pude conviver com os verdadeiros e autênticos contadores desses CAUSOS. O que, aliás, não é nenhum privilégio da minha gente de São Joaquim, pois o Brasil está "apinhocado" desses contadores, de norte a sul, de leste a oeste, sendo esta, sem dúvida, uma das características mais marcantes do nosso povo.

Quem nunca ouviu ou já não contou um CAUSO?

E quem não gosta de um CAUSO... bem contado?

E diga-se de passagem: *causo* não é *piada*, mas, como as *piadas*, o *causo* também não tem dono, autoria. Às vezes corre o mundo em diferentes versões.

Os contadores autênticos de CAUSOS, como já disse, são aqueles indivíduos comuns de uma cidade ou lugar que, de forma natural e criativa, reproduzem algum incidente pilhérico ocorrido com o "outro", apenas isso.

Normalmente a personagem do causo pode ser um amigo, um compadre ou simplesmente um tipo muito popular do lugar. Incluindo aqui os tipos contadores das fantasiosas mentiras absurdas.

O objetivo do contador nato desses causos não é outro senão o de divertir sua pequena plateia formada espontaneamente, por alguns espectadores que, em pequenas rodas nas praças, bares, ou de forma individual, acompanham atentos a narrativa improvisada, recheada de nuanças, quase sempre num tom de "deboche" inofensivo.

A esses contadores natos lá do interior do meu tempo dávamos o nome de GOZADORES.

E, como já foi dito por aí, "rir ainda é o melhor remédio", dentre os meus atributos como artista NACIONAL, está este jeito (o de contar causos), que descobri desde criança como sendo a minha grande vocação para "alinhavar" e CANTAR o meu país e a nossa gente.

Era só juntar as histórias já conhecidas, contadas e recontadas, armazená-las na "cachola" juntamente com outras tantas histórias aprendidas e decoradas e esperar o momento certo para contá-las como CAUSOS e da forma mais simples e natural possível.

Assim, desde então, nesse tempo de mais de meio século, fui "costurando" minha carreira de Ator e Cantador.

Por isso mesmo devo afirmar que qualquer personagem vivida até hoje por mim como ator, ou outras que eu possa ainda vir a representar nas histórias de TV, cinema, teatro ou rádio, hão de ter obrigatoriamente, em sua essência, uma característica fundamental: a característica de um sentimento puramente brasileiro, para que eu possa, como artista e cidadão, ao reproduzi-las através dos "causos", sempre enaltecer os nossos valores culturais mais profundos e humanos, como seres diferenciados que somos.

No caso da "contação" de CAUSOS, foi o escritor e historiador Cornélio Pires um dos primeiros artistas a me fascinar com seus tipos do caipira paulista.

Lembro-me de seu jeito único de apresentar-se ao vivo na pracinha da minha terra.

Depois viriam outros... e outros. Entre eles, os grandes humoristas do rádio e dos circos-teatros. Consagrados ou não.

Assim, vivendo e aprendendo, fui "pavimentando" o meu caminho artístico, elaborando cuidadosamente tudo aquilo que fora e sempre será importante para o meu projeto de vida.

CONTAR... do meu jeito, a minha
HISTÓRIA DE AMAR O BRASIL.

# História de contar o Brasil

# O TIPO MAIS QUERIDO

Daquela figura singular lá da minha terra, gosto de contar vários causos, e sempre que o faço visualizo sua figura negra de forma muito carinhosa, pois fomos companheiros de vida na nossa juventude em São Joaquim.

Esperto, matreiro, simpático e de raciocínio rápido, sempre surpreendia a todos com suas tiradas inteligentes e de efeito cômico. Senão, vejamos:

Um dia, vinha ele "boleando" numa carroça carregada de lenha, puxada por uma eguinha magra. Aliás, dentre as inúmeras profissões do Dito — engraxate, sapateiro, massagista do time de futebol da cidade etc. —, esta era apenas mais uma profissão: "carroceiro".

O caminho que teria de fazer para a entrega da lenha acabava por atravessar inevitavelmente a famosa Via Anhanguera que margeia a nossa cidade.

Eis que surge um caminhão e inesperadamente acontece o inevitável.

Uma batida feia, carroça e lenha esparramadas na estrada e o pobre do Dito Preto é atirado solitariamente para o outro lado, no acostamento.

O caminhoneiro responsável, *irresponsavelmente*, foge sem prestar socorro etc. e tal.

Pedaços da carroça e a coitadinha da égua rinchando com as patas quebradas eram agora a imagem no acostamento da estrada.

O Dito fora arremessado para o lado oposto da eguinha.

Logo aparece uma viatura da polícia rodoviária.

O guarda vai primeiramente olhar a égua e percebe que a mesma estava muito ferida. Nesses casos é preciso sacrificar o coitado do animal.

Assim procede o guarda. Tira um revólver 38 e descarrega na égua para acabar com o seu sofrimento. Recarrega a arma (seis balas) e atravessa a estrada para só então se deparar com o Dito deitado no acostamento.

GUARDA — Oi, Dito? Olha, a sua eguinha tava muito ferida, tive que matar ela. E você? Como está?

DITO (no ato) — Eu estou ótimo!

# COISAS DO CHICO ALEGRIA

O Chico Alegria gostava de fazer pilhéria com tudo. Daí o apelido "Alegria".

Mesmo para coisas tristes ele tinha sempre uma tirada de humor. Às vezes um humor negro até.

Mas vamos lá.

Conta-se que um dia ele capinava numa roça longe de casa e sua mãezinha, que morava com ele, morreu de repente.

Ninguém queria dar a notícia ao Alegria. Morte de mãe, sabe como é, né? Não tem coisa mais difícil de anunciar.

Depois da dúvida dos amigos dizendo: "Eu não vou", o compadre Teodoro disse enfim:

— Deixa que eu vou. Montou no baio ligeiro e saiu em disparada.

Depois de meia hora de galope, avistou o Chico no meio duma roça de milho, capinando. Já beirava 9 horas da manhã. De cima do cavalo mesmo, grita:

— Ô Chico! Pare de capiná aí, que eu tenho uma notícia procê.

CHICO (calmo) — Ué. Pode dá a nutiça, uai. Eu escuito é com as oreia. Num posso pará de capiná, não. Tenho que acabá esse eito logo.

TEODORO — Mas pare um pouco, Chico. Ocê tem que me escuitá parado.

CHICO — Que parado o quê, cumpade? Vai falando aí que eu vou escuitando daqui.

TEODORO — É que... é que...

CHICO — Desembucha, cumpade. Eu num tenho tempo, não.

TEODORO — É que sua mãe... morreu.

Só aí o Chico Alegria para de capinar, apoia o queixo no cabo da enxada e comenta num jeito calmo.

CHICO — Oh... diacho! Que hora que eu vou armoçá, intão?

# TEM OUTRA DO CHICO

Diz que noutra ocasião chegou um outro compadre pra dizer pra ele que a sogra dele, que morava noutro sítio, tinha morrido.

— Ô Chico! A famia da tua sogra quer a sua opinião sobre o sepurtamento dela.

CHICO — E o que é que eles qué sabê de mim?

— Eles quer sua opinião sobre: se é mió "embarsamar" o corpo dela, enterrar na cova ou cremar no crematoro da cidade. O que ocê diz?

CHICO — Eu digo que... deve de fazer as treis coisa junta. Num é bão facilitá com aquela véia, não.

# SEM MEDO DE INJEÇÃO

O meu amigo e quase xará, Riolando Alves, era o dono da lendária farmácia Alves, encostada no velho prédio do Cine-teatro Santa Cecília, na pracinha.

Era ali que todo mundo da cidade ia com suas queixas doloridas como se o querido e popular Sêo Riolando fosse Deus. Ou pelo menos, médico.

Mas, se ele não era Deus ou médico, pouco importava. O fato é que ele (o Riolando) tinha uma experiência *farmacológica* de cinquenta anos e outro tanto de vivência entre os meus conterrâneos de São Joaquim. E sempre acertara nos seus sábios diagnósticos e indicações medicamentosas.

Assim foi que, por tudo isso, o velho fazendeiro Tonico Finocchio apareceu por lá uma tardinha, tossindo muito.

Queixava-se de muita dor de garganta e queria uma solução.

Dizia já haver tomado chá de folha de laranja com mel, assim como também vinha gargarejando vinagre e sal já há uns bons dias.

Ou más noites.

Agora era o Riolando que teria que dar um jeito.

Depois do relato da incômoda tosse e das dores na garganta, bastou uma *abrida* de boca, ali mesmo na porta da farmácia a pedido do farmacêutico, para que o mesmo constatasse uma tremenda faringite.

FARMACÊUTICO — Sêo Tonico, o senhor está com uma tremenda faringite.

TONICO — *Farinjuto*?

FARMACÊUTICO — Que *farinjuto*?! Fa-rin-gi-te. E, pra esse tipo de inflamação, este negócio de chá caseiro não resolve, Sêo Tonico. O senhor terá que tratar com antibióticos. Senão não sara. Entra cá pra dentro. (E vai explicando) Vou lhe aplicar uma injeção com uma boa composição de Bismuto, Eucaliptina etc. E uma só dose não basta. O senhor vai ter que voltar aqui uns três dias seguidos, senão não cura.

Dito isso pôs-se a preparar a tal injeção milagrosa. E o fazendeiro cismado...

TONICO — Mas... *injerção*? Eu nunca tomei uma *injerção* na vida, Sêo Riolando.

FARMACÊUTICO (categórico) — É. Mas sempre tem a primeira vez, Sêo Tonico. Vai ter que tomar. Três dias consecutivos.

Depois de preparada a tal fórmula, coloca numa seringa grossa, chacoalha misturando composição, e finaliza atarraxando na seringa, uma das agulhas também grossa e comprida, que, segundo eles (os farmacêuticos), é para ir mais fundo, e assim doer menos.

FARMACÊUTICO — Agora vamos lá, Sêo Tonico. E tem uma coisa. Não vou mentir pro senhor, não. Esta injeção dói. Eu até aconselho que tome nas nádegas. Nas nádegas dói menos.

(O velho fazendeiro jamais ouvira esta palavra)

TONICO — Tomá adonde? Nas naia??? Que qué isso?

FARMACÊUTICO — Que naia, Sêo Tonico? Ná-de-gas, Nádegas. É como se diz, em criancinha, entendeu? (e mostra).

Ele entende:

— Ah, tá bão.

E abaixa as calças, ceroulas etc., mostrando então as suas brancas e alvas nádegas de caboclo da roça — enquanto fica cantarolando algo, se balançando nos pés, admirando umas folhinhas de santos na parede. Santa Luzia com dois olhos azuis no pratinho; São Sebastião com flechas no corpo etc.

O Riolando vem, com um algodãozinho empapado de éter, passa-o na parte direita das nádegas dele (do Sêo Tonico), assopra, vem aquele friozinho, natural, abana ainda com a mão e vai em seguida para a posição de aplicação levantando a agulha.

Só então repara: ao ameaçar aplicar a injeção o bom fazendeiro contrai as laterais das suas ditas brancas nádegas.

FARMACÊUTICO (maroto, antes de aplicar) — Pera aí, Sêo Tonico Não me diga que o senhor está com medo de uma injeçãozinha?

TONICO — Não sinhô, Sêo Riolando. Num é medo não. É a minha BUNDA que é veiaca memo.

# OS DESOCUPADOS DA PRAÇA

Caboclo "desocupado" na vida está recostado num bar de esquina... Vem um outro correndo e lhe pergunta:

— Ô, cumpade? Ocê viu o cumpade Antonho "dobrá" aquela esquina ali?

— Num vi não, siô. Quando eu cheguei aqui, aquela esquina já tava dobrada!

— Vá pro diabo, paiaço!....

# POR FALAR EM DESOCUPADOS

Um dia, estavam na esquina daquela rua de terra uns três compadres discutindo os destinos do Brasil, a carestia, os impostos caros etc. e tal.

A época era de seca brava. O pó da rua era levantado pela boiada que passava de vez em quando ou por rodamoinhos de vento esporádicos.

Essa poeira fina e vermelha levantada sujava os balcões dos bares, das lojas e as casas para desespero de todo mundo, principalmente dos comerciantes daquela cidadezinha perdida no interior de São Paulo.

Um dos ditos desocupados encosta o corpo no muro sem reboco, que estava cai não cai, e este desaba como uma placa maciça naquele chão vermelho levantando uma compacta nuvem de poeira.

Um outro desocupado, espirituoso nas piadas e gracejos, arremata:

— Ih, gente. Acho que tão "espanando" a loja do Salim. Vamo embora.

# UM CANTOR MUITO POPULAR

Um cantor muito popular foi fazer seu show lá no Nordeste. Terra de grandes coronéis

Aliás, quem tinha contratado ele era um desses coronéis que, na ocasião, era candidato a prefeito daquela cidadezinha.

Muito bem: multidão lotando a praça.

O coronel era o único que assistia sentado numa cadeira na frente do palco... atrás dele a multidão da cidade de pé. Ele, braços cruzados, chapelão na cabeça, muito sério e coisa e tal.

O cantor começa cantando um grande sucesso. Ao final desse número, ninguém aplaude.

Canta outra música e nada...

Canta umas dez músicas bem conhecidas... e nada de aplauso.

Aí, já nervoso, apela e canta uma daquelas músicas de tema bem forte... que no final, na letra da tal música, dizia que ele tinha sido traído pela mulher:

— Então eu a matei...

De novo, ninguém aplaude...

Nesta hora, o coronel se levanta sério, olha para o público e diz com sotaque:

— Ele matou... e fez muito bem... e vamo aplaudi o moço!

# VICIADOS EM TRUCO

Aqueles dois inseparáveis compadres estavam na plataforma da estaçãozinha, lá do interior, esperando o trem pra São Paulo.

O trem, como sempre atrasado. Na lousa existente na plataforma está escrito a giz:

**PP-2: atrasado duas horas.**

Os dois leem, e então um deles tira do bolso um baralho velho e resolvem jogar um truquinho ali mesmo no chão da plataforma da estação pra passar esse tempo.

Truca de cá, truca de lá... sempre no grito, como é jogado um bom truco.

— É seis, papudo... sapicuá de lazarento, reboque de igreja véia... etc.

Com isso, o tempo acaba passando até gostosamente... e afinal, depois das duas horas de atraso, chega o trem.

Embarcam e um deles, cansado (do truco), foi logo ferrando no sono...

Mal o trem parte, lá vem o chefe, pedindo aos berros as passagens:

— Passage... passage... olha a passage... quero picotar a passage...

Um deles, muito sonolento, tira do bolso uma nota de dinheiro e entrega ao chefe pra que ele cobre o preço da passagem e volta a dormir.

O chefe cobra e dá um dinheiro de troco.

O caboclo não pega. Tinha voltado a dormir.

O chefe impaciente o sacode falando alto no ouvido dele:

— O "troco".

O caboclo acorda e no susto grita:

— É seis, papudo.

O chefe, estranhando, pergunta pro parceiro dele que ainda estava acordado.

— Ô moço! O que é que seu amigo tem?

O outro diz:

— Pelo jeito, deve tê um "zape".

# EXPOSIÇÃO DE TOUROS

Coronelzão do Norte, dos cabelos já brancos, de quase seus oitenta, está visitando, de braços dados com a esposa, uma feira só de touros reprodutores de várias raças.

Quando olhava o primeiro touro exposto ali na feira, o representante desse belo reprodutor elogia o bicho.

— Olha aqui, coroné. Este é um zebu legítimo. Esse touro cobre uma vaca todo dia sem falhar.

A mulher do coronel, dá um beliscão no marido e lasca a crítica no pé de ouvido dele.

— Tás vendo?

Ele pigarreia disfarçando e segue pra diante pra ver outro touro de outra raça.

O outro representante lá vem falar das qualidades do outro touro

— Vamos chegar, coroné. Veja só este nelore reprodutor. É dos bão. Esse touro cobre duas vacas por dia.

A esposa belisca de novo e tasca a crítica:
— Tás vendo?
Pigarro de novo e seguem para outro touro exposto.
— Este aqui, coroné, é um touro da raça jersey, cobre três vacas por dia...
Antes que a mulher criticasse de novo, o coronel pergunta ao vendedor:
— Me diga uma coisa, moço. E é sempre com a mesma vaca que o seu touro comparece três vezes por dia, é?
— Não, coroné... com vacas diferentes... bonitas.
O coronel pra mulher:
—Tás vendo?

# VENDEDOR DE CANÁRIOS

Estava ele numa praça pública vendendo dois canarinhos da terra. O "foguinho".

Um dos canários cantava muito. Aquele gorjeado lindo e prolongado.

O outro canário quietinho, como que prestando atenção no canto do parceiro.

Eis que um comprador pergunta:

— Quanto é esse canário cantador aí?

— 50 reais.

— E o outro canário, quanto custa?

— Este outro custa 200 reais.

— Ué. Como pode ser isso? O que está cantando custa 50 reais e este quietinho aí que não canta nada é mais caro?

— É que esse quietinho é o compositor!

# MUITO ELOGIO ATRAPALHA

Era o dia do pedido da mão da moça em casamento. O namorado tava nervoso, inseguro.

Eis que aquele caboclinho intrometido se oferece, então, pra ir junto com ele à casa da namorada do amigo, pra ajudar, segundo ele, nuns elogios.

O pai da mocinha, um fazendeirão bravo, vai perguntar o que ele tem para oferecer à filha.

— O que o senhor tem pra oferecer à minha filha?

— Bão, Sêo Florêncio... eu tenho umas terrinha...

O intrometido corta:

— Terrinha? Intão aquela fazendona que ocê tem lá em Goiás é terrinha? É chão que num acaba mais.

PAI — E criação? O senhor tem criação nesta fazenda?

— Bão... umas coisica de nada... umas cabeça de gado.

INTROMETIDO — Ah, cabeça de gado. Três dia inteiro num dá pra contá o que ele tem de gado.

PAI — Onde o senhor pensa morar?

— Num ranchinho que eu tenho...

INTROMETIDO — Ranchinho? Ara essa. Intão aquele casarão com dez quarto, piscina etc. é ranchinho? Meu Deus do céu, sô!

Nessas alturas, de repente o namorado começa a se coçar no pescoço.

PAI (estranha) — Tá coçando o quê? É picada de mosquito?

— É uma manchinha à toa que me apareceu no pescoço hoje de minhã, Sêo Florêncio.

INTROMETIDO — Manchinha à toa? Quar! Ocê tá é podre... lazarento... que manchinha? Dêxa de ser simples, sô!

# OS ENGENHEIROS DO GOVERNO

Nhô Talarico tinha uma fazenda das boas.

Um dia, apareceram por lá uns homens com tripés, lunetas, fita métrica, binóculos etc. Bateram palmas lá na porteira que era fechada com corrente e cadeado.

Nhô Talarico vem de dentro com um jeito calmo, no falar e no andar.

ENGENHEIRO — Boa-tarde, meu senhor. Nós somos engenheiros do Governo. Tenho aqui na mão uma "papelada" com as ordens pra medir suas terras. Aqui, na sua fazenda, vai ser construída uma linha de trem de ferro. O trem vai cortar sua fazenda (mostra a pasta). Pode ler a "papelada".

NHÔ TALARICO — Num carece de lê não, doutô. Se o Guverno falô, tá falado. Ocêis pode entrar e medir o que quisé — e, abrindo a porteira, se afasta, entrando na casa.

Eis que, depois de uns dez minutos, ouve-se lá de fora uma gritaria. Pedido de socorro, etc.

Nhô Talarico sai e depara com o touro preto da sua fazenda fungando e pronto pra chifrar os moços engenheiros que, correndo, tinham trepado na primeira mangueira que viram.

Nhô Talarico vai até lá, olha pra cima e pergunta ao engenheiro trepado nos galhos da mangueira:

— Que foi, moço? Pru que a gritaria?

ENGENHEIRO (apavorado) — Tira esse touro bravo daí de baixo, meu senhor. Ele quer chifrar nós.

NHÔ TALARICO (sem se esquentar, olhando pro moço dependurado) — Mostra a tar de "papelada" pra ele, uai.

E volta calmamente pra dentro de casa.

# PREENCHENDO A FICHA

Aquele sitiante muito simplório é chamado ao banco onde tinha conta para renovação de cadastro.

O rapaz que o atende era novo no serviço e, portanto, não o conhecia. Não sabia que ali estava uma figura das mais populares da cidadezinha e, sabidamente, meio fraco nas "escritas".

O jovem bancário, simplesmente, entrega-lhe o modelo da ficha a ser preenchida e se afasta.

O caboclo pega um toco de lápis do bolso, molha a ponta na boca, revira o papel pra cá, revira pra lá, olha dum lado, de outro e nada de escrever.

O rapaz volta e percebe a dificuldade do caboclo.

RAPAZ — Me dá aqui o formulário, meu senhor. Pode deixar que vou ajudar o senhor a preencher. Eu pergunto os dados, o senhor responde, eu preencho e, depois, é só assinar. Tá bom?

SITIANTE — Tá bom. Já vi que o sinhô é esperto, hein? O sinhô é inteligente. Bamo lá. Pode preguntá.

RAPAZ — Nome?

SITIANTE — É... Narciso... (continua) eu moro aqui perto...

RAPAZ (interrompe) — Muito bem. O senhor responda só o que eu lhe perguntar. Vamos lá. Narciso... (escreve) Narciso... de quê?

SITIANTE — José Narciso.

(O rapaz rasga o papel pois já havia escrito apenas Narciso como primeiro nome... pega outro formulário e recomeça.)

RAPAZ — José Narciso, muito bem... (escreve) só isso, né? José Narciso.

SITIANTE (completa) — De Alencar. Alencar é de parte do meu pai... minha mãe é Oliveira...

RAPAZ (interrompe) — Pera aí, pera aí (rasga o papel de novo e recomeça). Muito bem. Seu nome é... (e escreve) José Narciso de Alencar. Só isso?

SITIANTE — É sim sinhô. Só isso.

RAPAZ — Muito bem. Natural de?

SITIANTE — Sim sinhô.

RAPAZ — Sim senhor o quê? Eu perguntei de onde o senhor é natural.

SITIANTE — Uai. Pois é naturá que é naturá, uai...

RAPAZ — Natural... meu amigo... é... (explica) é o senhor é natural de onde? O lugar que o senhor nasceu.

SITIANTE — Anh bão. Agora intendi. Eu nasci aqui memo no Corgo da Barra.

RAPAZ - Córrego da Barra (escreve). Muito bem. Estado civil?

SITIANTE — É Sum Paulo, memo.

RAPAZ — Que São Paulo, meu amigo? Estado civil? Eu perguntei se o senhor é casado ou solteiro.

SITIANTE — Sou casado, uai. Todo mundo me conhece aqui na cidade... Casado com a Zefa... temo cinco fio. O Bastião, a...

RAPAZ (interrompe) — Calma, amigo. Vamos ver se a gente se entende. Casado. Pronto (escreve). Agora só mais a última perguntinha. Regime de casamento?

SITIANTE — Rejumo??

RAPAZ — Rejumo não, meu amigo. RE-GI-ME. Regime de casamento.

SITIANTE — Mais a gente é obrigado a ponhá esse negócio de "regime" de casamento aí no paper, tamém?

RAPAZ — É. É obrigado, sim senhor.

SITIANTE — Pois então... bota aí... DUAS vez por semana, uai!

# COMPADRE POLITIZADO

Dois compadres proseando na esquina.

Um deles, muito falador, sempre querendo mostrar cultura política pro outro, pergunta:

— Ô cumpade? Pur acaso, ocê sabe o que qué dizê a palavra "terrorismo"?

— Terrorismo? Eu já escuitei falá disso aí... mas num sei o que qué dizê, não.

— É ansim, ó — o primeiro compadre explica: — eu vou te expricá o que é terrorismo. É ansim, ó: ocê tá bem sussegado na sua casa, em paz, tranquilidade... vai arguém lá e joga uma BOMBA dentro da sua casa. É isso que é "terrorismo".

O outro pensa um pouco e diz:

— Intão... minha muié é... "terrorista".

— Uai. Pru quê?

— Pois ela "jogou" a minha "sogra" lá dentro de casa.

# O SABIDÃO DA POLÍTICA

Compadre metido a saber tudo de política se mete a explicar pro ingênuo compadre algumas teorias sobre o famoso regime "sucialista":

— Pois óia, cumpade. Eu vô te expricá o que qué dizê sucialismo. E cumo é que as coisa funciona nesse troço. É ansim, ó. Eu num tenho cavalo... então ocê me dá seu cavalo pra mim. Ocê me dá?

O OUTRO — Dou, uai... cumo não?

— As suas vaca?

O OUTRO — Dou tamém, uai...

— Suas cabrita?

O OUTRO — Dou, uai...

— Suas fazenda...

O OUTRO — Dou, uai...

— Suas galinha...

O OUTRO — Pera aí, cumpade. Essas num dou, não.

SABIDÃO - Ara, ué... ocê concordou em dá as vaca... cavalo... cabrita... tudo... por que as galinhas ocê num qué dá???

O OUTRO — Por que essas aí... eu tenho uai!!!

# E O SABIDÃO CONTINUA NA SUA AULA

— E sucialismo? Ocê sabe o que é?
— Tamém num sei, não. Vi falá nesse troço de sucialismo aí...
— É assim, ó: eu quero pitá um cigarrinho de paia, mais num tenho fumo. Ocê tem fumo. Intão ocê me dá um pouco do seu fumo. Aí eu num tenho paia. Mais ocê tem a paia tamém. Intão ocê me dá uma paia. Eu num tenho binga nem forfe pra mode acendê o cigarro que fiz cum a sua paia e cum o seu fumo, mais vancê tem o forfe. O que que nós faz? Ocê me empresta o forfe tamém e aí eu acendo e fico pitando meu cigarrinho gostoso.
O OUTRO — Mas, péra aí. Isso é que é sucialismo?
O SABIDÃO — Intão, isso é que é sucialismo verdadeiro.
O OUTRO — Mas e eu?
O SABIDÃO — Ocê? Ara... ocê cospe, ué.

# A MENTIRA BRABA

Aquele homem da cidade chega correndo numa vendinha de beira de estrada. (Está branco... muito pálido).

VENDEIRO — O que houve, moço? Pru que o sinhô tá branco assim?

— De susto, meu amigo. Estou assustado. O senhor imagina que o meu carro enguiçou ali na estrada, eu tava com o capô aberto tentando ver o defeito quando de repente ouvi uma voz grossa dizendo (imita): "O defeito é no carburador".

Quando eu olhei pra onde vinha a voz, vi um cavalo encostado na cerca. Não tinha ninguém por ali. Aí o cavalo ainda repetiu (imita): "Tô falando que o defeito é no carburador".

Aí eu saí correndo. Nunca vi um cavalo falar.

VENDEIRO (calmo) — Era um cavalinho baio?

— Isso. Isso mesmo... era um cavalo baio.

VENDEIRO — Num liga não, moço. Aquele "baio" num entende nada de mecânica.

# MOLEQUE RESPONDÃO OU TICO NA ESCOLINHA

Naquela escolinha da roça, Sêo Tico era o exemplo do menino indignado.

PROFESSORA — Sêo Tico, quem foi que descobriu o Brasil?

TICO — Eu num fui... eu num fui...

PROFESSORA — É claro que não foi você, Sêo Tico. Que absurdo. Isso é resposta que se dê à mestra? O que é que o Brasil pode esperar de uma criança como você, Sêo Tico?

TICO — Ele que num espere nada. Eu num prometi nada pra ele, ara essa. Agora, tem graça um tamanho marmanjão desse ficá exprorando uma criança cumo eu?!

A professora no dia seguinte resolve falar com o pai do Sêo Tico.

O velho sitiante Nhô Totico. Caboclo muito simples e "bronco".

PROFESSORA — Sr. Totico, o senhor precisa puxar a orelha do Tico. Ele anda muito desatencioso nas aulas. Não tem estudado as lições. O senhor imagina que ontem eu perguntei a ele quem foi que descobriu o Brasil. Sabe o que ele me respondeu?

PAI (interessado) — Não, senhora. O que foi que ele respondeu?

PROFESSORA — Respondeu simplesmente que quem descobriu o Brasil não foi "ele".

PAI — Pois óia. A sinhora aperta ele. Aperta, por que às vêiz foi ele memo... e num qué contá.

# NO ESCURO DO CINEMA

Aquela mulher foi assaltada no cinema. E, claro, foi fazer o B.O. na delegacia mais próxima:

— Pois é, doutor delegado, eu tava sentada quietinha assistindo o filme, aí o homem sentado do meu lado começou a encostar a mão dele na minha perna, sabe? Foi encostando... encostando. Depois pôs a mão toda na minha coxa, eu só esperando... começou a me alisar e eu ali só assuntando... Dali a pouco ele foi embora. Quando dei por mim ele tinha levado minha carteira de dinheiro que tava no meu colo.

DELEGADO — Mas quando ele foi passando a mão na perna da senhora, na coxa, etc., por que a senhora não gritou logo?

— Ara, doutô. Eu pensei que ele tava com boas intenção.

# O PELADÃO

Prenderam um homem pelado na rua. Tava nuzinho... nuzinho. Levam o dito cujo pro delegado.

Na delegacia, o homem nu fica na frente do delegado, que pergunta:

— Seu nome?
— Antônio.
— Casado?
— Sim sinhô.
— Tem filhos?
— Tenho, sim sinhô.
— Quantos?
— Quarenta e três filhos, doutô.

O delegado brabo fala pro guarda que o prendeu:

— Solta esse homem imediatamente... Não vê que ele está de serviço, idiota?

# A PORTA GIRATÓRIA

Um compadre meu, o Leotero, veio pela primeira vez fazer compras em São Paulo. Veio de trem da Mogiana. A saudosa maria-fumaça. Procurou hospedar-se logo ali, num hotel pertinho da Estação da Luz.

O tal hotel tinha na entrada principal uma porta de vidro daquelas giratórias. Igual porta de banco, sabe como é?

E ele, coitado, sem nunca ter visto essas coisas modernas e, muito menos entrado por uma porta giratória de vidro, ao entrar foi acompanhando o giro da porta por inteiro (380 graus) e, é claro, acabou saindo na rua outra vez.

Como sempre ouvira falar que aqui em São Paulo tinha muito ladrão... não teve dúvida:

— Nossa Sinhora, robaro o hoter!

# LARÁPIO CARA DE PAU

Na delegacia, aquele delegado está de frente pro gatuno muito cara de pau, que fora apanhado minutos antes na Praça da Sé, em São Paulo.

DELEGADO — Então? O senhor roubou o relógio deste senhor aqui?

GATUNO — Eu não roubei relógio nenhum, doutô. Eu só puxei a corrente... o relógio veio junto.

# MUITA CONSIDERAÇÃO

— Ô, cumpade, é verdade que BISPO é mais importante do que PADRE?

— É verdade... sim, cumpade.

— Ah... intão, cumo eu tenho muita cunsideração com voismecê... a partir de hoje eu num chamo ocê mais de "cumpade," não... A parti de agora ocê é meu "cumbispo".

— Brigado pela consideração.

# FUTEBOL NA FAZENDA

Eram dois times de futebol de várzea, daqueles times de fazenda, com direito a jogo de camisa e tudo o mais.

Estavam no rústico campo se preparando pro treino do jogo da tão esperada disputa de domingo próximo. Chega correndo, bufando, um menino caboclinho, levantando poeira e fala pro Juiz:

— Sêo Juiz! Sêo Juiz! O doutô delegado acaba de bater as bota. Tá mortinho lá na casa dele. Todo mundo da cidade tá indo pra lá, agora. Foi morte de repente

O Juiz grita para os jogadores:

— Olha aí, gente. O Dr. Américo delegado morreu. Não vai ter mais jogo.

Um gaiato do time, aborrecido por não poder mais jogar no domingo, diz resmungando:

— Ara, num vai tê, pru quê? Ele vai levar a bola?

# OUTRO LARÁPIO CARA DE PAU

O guarda prende um larápio sem-vergonha e muito cara de pau da Praça da Sé. O tal estava com um embrulho de jornal... pesado.

O guarda toma dele o tal embrulho, prende e o leva pra delegacia. Na frente do delegado o guarda relata:

GUARDA — Pois é, doutor. Pegamos este suspeito aí... Ele tava com este embrulho de jornal olhando pros lados, com jeito esquisito... desconfiado. Então, a gente achou melhor prender logo.

O delegado desembrulha aquele jornal em cima da mesa e depara com ferramentas e apetrechos usados em assaltos. Pé de cabra, chave de fenda, arame, tudo...

DELEGADO (brabo, vai de dedo em riste para o malandro) — Então, vagabundo? Como é que você me explica... o que está aqui neste jornal? Hein??

LARÁPIO — Ora, doutô. O sinhô vai acreditá no que vê em jornal?

# GIRAFA AQUI, NEM PENSAR

Aquele sitiante está colocando uma cerca de uns quatro metros de altura na sua propriedade inteira. Um despropósito. Um homem da cidade, ao passar, estranha a altura da cerca e resolve gozar o caipira.

— Ô caboclo! Por que uma cerca tão alta assim? Tá com medo de girafas?

SITIANTE — Óia. O sinhô acertô, moço. É pra mode as girafas num chegá perto, memo.

O DA CIDADE (rindo) — Mas, por aqui não existe nenhuma girafa.

SITIANTE — Craro, moço. Cuma cerca dessa artura o sinhô acha que elas são besta de vim passeá por aqui?!

# ESPIRRO DE GOIANO

Um caboclo do interior paulista tava num bar de Goiânia... De repente alguém espirra. Um goiano do lado do balcão diz:

— Domenumstecum

O caboclo paulista decora o fato.

Um dia, estava ele num botequim da roça tomando uma cachacinha quando um seu compadre espirra.

Achimmmmm!!!

ELE (no ato) — "Temosteco", cumpade.

O OUTRO — Uai? O que é isso, Temosteco?

ELE — O que é num sei... mais lá em Goiás é bão pra espirro.

# ETA BURRO BRABO!

    Aquele fazendeiro tinha o seu burro de estimação e exclusivo. Só vistoriava o serviço da fazenda montado nesse burrão particular.

    Eis que um belo dia ao montar no dito cujo, não é que pela primeira vez o mesmo corcoveia e o atira longe, de boca no chão. Como era a primeira vez que isso acontecia, o fazendeiro se limpa e monta de novo.

    De novo o burro corcoveia e de novo... boca no chão.

    De novo o fazendeiro monta e de novo é atirado longe.

    Isso dura umas sete ou oito vezes.

    O fazendeiro chama o capataz e ordena que este o dependure, pelas patas traseiras, no guindaste da garagem do trator, deixando a cabeça do burro numa altura que dava pra falar na orelha dele.

    E é o que ele faz. Por isso mesmo tinha mandado pendurar o burro de cabeça pra baixo.

Fala na orelha do burro:

— Óia aqui, meu burrão. Ocê pode ser mais "teimoso" do que eu... mais, mais IGNORANTE ocê num é não...

# SE CONSELHO FOSSE BOM...

Dois compadres conversam "amenidades" numa esquina. Um deles era bem gordo. O outro, magrinho, acha de repente que pode dar um "conselho" útil ao gordinho, e fala sério.

— Cumpade, vancê sabe que já descobriro uma coisa muito boa pra mode magrecê uns bão quilo?

O outro, curioso:

— Ué, cumpade. Sei não. O que é?

— CAFÉ, cumpade. CAFÉ.

— O que? Café? Tomá bastante café?

— Não, cumpade. CAPINÁ... capiná uns 3 mil pé de CAFÉ por dia.

# SONHO MUITO BOM

Antigamente, quando dois compadres viajavam juntos para a capital ou para outra cidade, era muito comum ficarem num mesmo quarto de hotel para economizar.

Uma noite um dos comprades, que tinha fama de muito *miserável, unha de fome,* tava dormindo profundamente.

O outro compadre acordado (perdera o sono) resolve acordá-lo pra prosear um pouco.

— Ô cumpade? Cumpade? Acorda aí, sô! (sacode o amigo).

O outro acordando:

— Ah, qui bão qui ocê me acordou.

— Ara, pru quê ?

— Magina que eu tava sonhando que tinha comprado um fazendão bem grande.

— Ué? (estranhando) e por que que ocê achou bão eu te acordar, se ocê ia comprá um fazendão?
— Craro! Pois ocê me acordô bem na hora que eu ia dá o dinhêro mode pagá o homi, uai.

# ISSO QUE É FIDELIDADE

Diz que o finado Juca era um caboclo muito ciumento.

Contam, também, que na hora que ele tava pra morrer chamou a mulher dele, a Zefinha, e disse assim:

— Óia, muié. Eu tô indo. Tô morrendo, mas vou te dizê uma coisa. Se ocê casá com outro homi depois da minha morte eu juro, pur tudo o que é sagrado, que vorto dos túmulo só pra mode puxá as suas duas perna, viu?

ZEFINHA (chorosa) — Magina, meu amor. Eu gosto tanto docê, que despois que ocê imbarcá pro outro mundo, eu prometo que vou botá **luto** perpétuo.

Um mês depois do enterro, ela se casou com o Bastião da venda, um negrão simpático.

# VÁ TAPEAR OUTRO

Um caboclo veio a São Paulo e está passeando na José Paulino, aquela rua cheia de loja de roupas. Numa delas, vê umas calças de brim dependuradas. O Salim está na porta.

— Quanto custa essas carça, moço?

O Salim, como sempre, bom negociante...

— É baratino, baratino, Senhorr. Só 200 rearr... senhor... bode levá que é coisa boa.

— É, né? Pois óia aqui uma coisa, sêo vendero. Eu acho que essas carça devia sê feita com buraco no lugar da bunda.

— Ora, um buraco? Burquê um buraco?

— Pra quê? Pra mode ponhá o rabo... do BURRO que vai pagar 200 rear por ela!

# UNHA DE FOME

Aquele caboclo lá da minha terra era miserável demais da conta.

— Fio, vai pedir pro vizinho Leotero o machado dele emprestado pra mode eu rachá umas lenha.

O menino vai, pede o machado pro vizinho, este esbraveja, já cansado das "miserabilidade" do outro.

— Sai daqui, moleque! Fala pro seu pai que eu num vô emprestá o meu machado coisa nenhuma.

— Pai, o vizinho disse que num vai emprestá o machado dele, não.

— Tá bão, fio. Então pega o nosso machado memo.

# CONSULTA MÉDICA

Médico para o caipira após o exame:
— O senhor vai tomar este remédio... (entrega a receita) no primeiro mês o senhor não melhora nada... mas no segundo mês, aí o senhor começa a melhorar, viu?
E o caboclo:
— Intão, doutô, eu vô tomá esse remédio aí só no segundo mês, tá bão?

# DEUS PODE TUDO

A mulher daquele caboclo está perto de dar à luz. Na porta do ranchinho, à tardinha, conversa com o marido.

ELA — Zé, me diga uma coisa. É verdade que Deus pode tudo? Que o que Ele quisé que acunteça, acuntece?

MARIDO (pitando) — É verdade, muié. Deus tem força. Pra tudo.

ELA — Por ixempro: se Deus quisé fazê chuvê agora que num tem nenhuma nuve no céu, Ele faz isso?

MARIDO — Craro. Deus tem força. Ele pode tudo.

ELA — Por ixempro. Eu tô esperando neném. Ocê é branco e eu tamém sou branca. Por ixempro: se Deus quisé que o nosso fio nasce pretim, pretim... quinem o cumpade Sebastião, Ele tem força pra isso?

MARIDO — Craro, muié. Se Ele quisé que nosso fiinho nasce preto quiném o cumpade ele nasce... só qui ocê vai levá uma tunda qui nunca mais vai esquecê.

# CASO "QUASE" PERDIDO

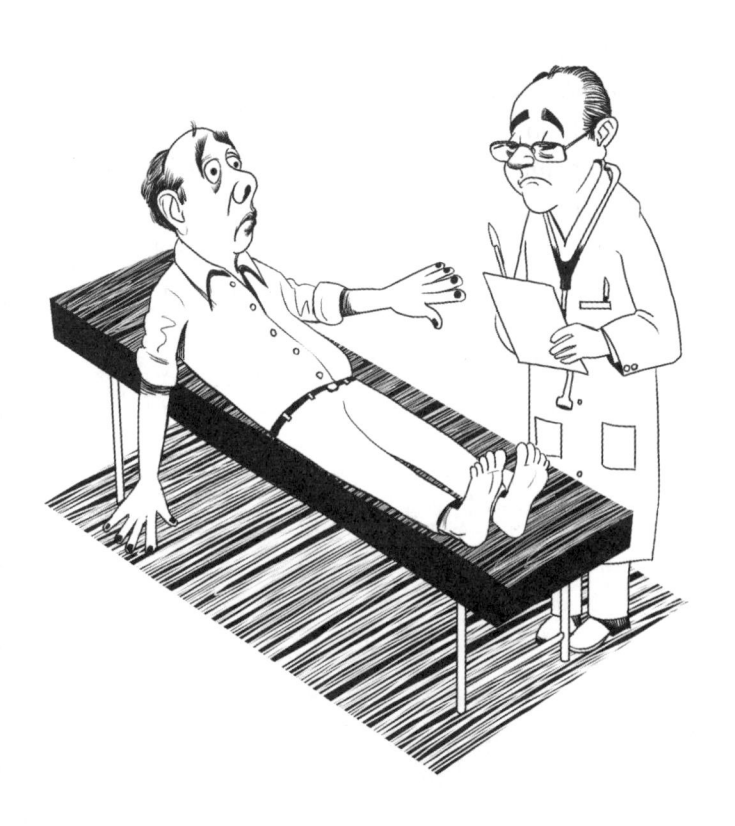

O médico da cidadezinha é chamado às pressas e examina o paciente, apalpa tudo, e ao examinar as mãos e os dedos, diz à esposa.

— Sinto muito. Ele está "desenganado". Os dedos das mãos já estão roxos.

ESPOSA — Isso é tinta, doutô. Ele é pintor.

MÉDICO (aliviado) — Ah! ainda bem... senão estaria morto.

# FAZENDÃO

Um visitante da fazenda do Coronel Marcondes está olhando o pasto, as vacas ruminando, cavalos etc. Então, pergunta ao dito cujo:

— Então, Coronel Marcondes? Esta sua fazenda é muito grande?

CORONEL (contador de vantagem) — Eita, se é grande. Pois o senhor carcula só. Eu pego esse meu jipe que o sinhô tá vendo aí (apontando um velho jipe ano 49), saio desta cerca aqui onde começa a minha fazenda e vou tocando o jipe. Só pra chegá na outra demarcação da divisa do outro lado da minha fazenda, daqui lá, nóis demora um dia inteiro.

VISITANTE — É memo, coroné? Pois eu também já tive um jipe desses.

# ÔNIBUS LOTADO

O compadre Ranchinho toma o ônibus no centro da cidade de São Paulo para ir ao bairro de Santana visitar um amigo.

Como não havia lugar para sentar-se, lá vai ele de pé, apoiando-se naquelas barras de cima. Na frente dele, também de pé, vai uma louraça cheirosa.

Nos solavancos do ônibus pelos buracos causados pela chuva era um chacoalho danado. Nesse vai não vai, o Ranchinho vai no aperto se encostando naquele avião de mulher à sua frente. E chacoalho vem, chacoalho vai, de repente a tal dona vira pra trás e lasca um tremendo tapa na cara do meu compadre Ranchinho. Este reage indignado com a mão no rosto, já avermelhado pelo tapa.

— Que é isso, dona? A sinhora me bateu na cara?

— É claro que bati. O senhor fica atrás de mim chacoalhando o tempo todo pra lá e pra cá...

— Mas num sô eu, dona. É o "chaquaio" do ônibus por causa dos buracos.

— Que "chaquaio" do ônibus o quê? Faz meia hora que o ônibus está parado.

# OVOS MAIS CAROS

Aquele caboclo que vendia ovos tinha um sítio a oito quilômetros da cidade. Ele criava galinhas poedeiras...

Caminhava sempre os oito quilômetros pra vender ovos pra uma freguesa na cidade... uma mulher muito rica...

Mas, às vezes, a mulher o surpreendia e aparecia pessoalmente no sítio pra buscar os ovos.

Um fato curioso... e que chamou a atenção da tal mulher foi que, quando ele ia vender a ela na cidade o ovo era mais barato, e quando a mulher ia pessoalmente no sítio buscar os tais ovos de que precisava, ele cobrava mais caro. Um dia, a mulher curiosa perguntou:

— Sêo Antonho, por que quando vai na cidade levar os ovos o senhor cobra mais barato que quando eu mesma venho buscar aqui?

— É pru que quando a sinhora vem buscá, a sinhora tá percisando de ovo... e eu quando vou levá na casa da sinhora, sou eu que tô percisando de dinhero... uai!

# COMENDO PÃO NA RUA

O caboclo vem vindo na rua lá em São Joaquim... com um grande filão de pão debaixo do sovaco.

Vem pela rua, sem nenhuma cerimônia comendo, mastigando um naco deste pão. Cruza com outro caboclo, amigo, que pergunta:

— Que isso, cumpade? Que coisa feia! Tenha vergonha, Sêo... Você comendo pão no meio da rua?

— Ué. E ocê queria que eu alugasse uma casa só pra mode comê pão?

# LUGAR BOM PRA PESCAR

Um homem da cidade chega com umas varas e outros apetrechos de pesca na beira duma lagoa serena. Vai se aprumando.

Um caipirinha está por ali perto capinando.

HOMEM — Ô, moço, essa lagoa é propriedade de alguém?

CAIPIRINHA — Não, sinhô. Essa lagoa é púbrica.

HOMEM — Então, não será nenhum crime tirar uns pexinhos daqui, não é mesmo?

CAIPIRINHA — Crime num será não, moço. Será **milagre!**

# OS PRIMOS DA ROÇA

Aquele caboclinho da roça namorava a priminha lá dele.

O pai da moça, caboclão sistemático e brabo, não aceitava o namoro. Muito menos a ideia de a filha, um dia, se casar com o primo.

Um compadre, padrinho do rapaz, sabedor da paixão do caboclinho seu afilhado, e por tratar-se de um rapaz trabalhador e direito, resolve intervir junto ao "velho" na intenção de ajudar o casalzinho apaixonado.

PADRINHO — Cumpade, deixa os dois se casar, o que é isso? O Juquinha meu afiado é moço bão. Dereito, num tem vício... é trabaiadô... e os dois se gosta...

COMPADRE — Mais eles são primo.

PADRINHO — Ara, são primo. E que é que tem isso, cumpade?

COMPADRE — Num pode, ué. Diz que casá primo com primo os fio nasce tudo anarfabeto!

# RETRATISTA GOZADOR

Depois de tirar a fotografia posada dos noivos naquele casamento em São Joaquim, olha só o diálogo que eu juro que ouvi.

O NOIVO (para o fotógrafo) — Quanto é a conta desse retrato, moço?

FOTÓGRAFO — 200 reais. Mas o sinhô pode dar só o sinar agora.

O NOIVO — E quanto é o sinar?

FOTÓGRAFO — 200 reais.

O NOIVO — Ué! Mas que diabo de sinar é esse?

FOTÓGRAFO — Sinar que tá pago, ué.

# ETA BRIGA FEIA!

Aquele caboclo morava com a sogra. Ou melhor, a sogra morava com ele. E ele não se dava com ela, brigavam feito gato e cachorro.

Numa das brigas feias ele sai no portão bufando, quase ao ponto de ter um "troço" de tão nervoso e revoltado com a situação da briga. Eis que surge uma cigana.

— O Senhor quer ler a mão, moço?

Ele estende a mão:

— Ah, já que estou "estrupiado" memo, pode lê.

— Olha, vejo aqui na sua mão que o senhor mora com a sogra.

— É. Nóis veve junto...

— Diz aqui que o senhor não se dá bem com sua sogra.

— É. Nóis num se dá, não.

— Olha. Aqui está escrito que sua sogra vai morrer brevemente. E vai ser morte violenta, viu?

E o caboclo, na bucha:

— Aí diz se eu vou ser absolvido??

# SOLIDÁRIOS NA DOR

Dois compadres sofriam da mesma coisa. Uma dor "efetiva" em uma das pernas.

A diferença estava nas pernas. No compadre Tinoco, doía a perna esquerda, no Tonico a dor era na perna direita. Ao que os dois deram de combinar.

TINOCO — Cumpade, vamo se interná junto no hospitar e tratá dessas nossas dor aí. Em dois a dor pode ficá menos doída pra tratá.

Combinado e cumprido. Mesmo hospital, mesmo quarto e mesmo médico. Chega o dia da primeira visita do médico no quarto.

O médico examina o Tinoco. Este berra quando o médico apalpa os lugares apontados na perna.

O Tonico na outra cama observa.

Examinado o Tinoco, o médico parte para o outro paciente, o Tonico. Este indica a perna e os lugares etc. Só que este não grita, nem geme, nem nada. Apenas colabora no exame. O médico sai do quarto e o Tinoco, indignado, pergunta ao Tonico:

— Cumo é isso, cumpade. A minha perna doeu muito quando o mérco aparpou. Cumo vancê num gritou nada? A sua perna num doeu?

— E ocê acha que eu sô besta de dá a perna "certa" pra ele aparpar?!

# ESSES POLÍTICOS

Certa feita, época de eleição, umas autoridades políticas de um lugarejo bem pobre foram inaugurar a linha telefônica ligando uma cidade a outra.

O prefeito, muito orgulhoso, na frente de todo mundo, faz a primeira ligação. E espera.

O sinal chama algumas vezes (do outro lado da linha alguém levanta o gancho).

PREFEITO — Alô? Alô? Alô? — Nada. — Alô?

Silêncio total do outro lado da linha. Ele continua, alto.

PREFEITO — Alô? Alô! Alô? Afinal, quem é que está falando?

A voz dum capiau do outro lado:

— Quem tá falando é o sinhô. Eu tô só escuitando!

# QUE AMOR, HEIN?

O caboclo, num suspiro doído desabafa com a esposa lá dele.

— Ah, Zefa. Que vida. Eu sou memo um desinfeliz, viu? Bão memo, era se lá, um belo dia, eu achasse um tesouro enterrado.

A ESPOSA — Puxa, marido. Ocê sempre falou que EU era o seu TESOURO.

CABOCLO (irritado) — É, mais ocê num tá "enterrada"... né Zefa?

# TIRADA CAIPIRA

— Cumpade! Ocê cunhece argum processo pra mode conquistá uma muié?
— Xiiii, se cunheço. Por causa de muié eu já levei uns três processo.

# OUTRA TIRADA

— Óia, cumpade. Ocê sabe do causo dos dois leão que fugiro do zoológico?
— Conta aí, uai.
— Intão... Os dois fugiro, né... logo, uns três dias despois, um vortou e se intregou.
— Uai. Se intregou por quê?
— Porque as froresta num tinha mais arve, num tinha mata nem nada pra mode se escondê ou comê comida. Ele achô mió vortá.
— Tá certo. Intiligente esse leão, hein? E o outro?
— O outro demorou uns dois anos pra mode vortá e se intregá.
— Cumo esse viveu tanto tempo sem comida na froresta?
— Diz que esse aí foi pras capitá e se meteu nas repartição pública. Cada dia comia um funcionário do Governo. Deu pra dois anos de vida.
— Bão. E pru que resorveu se entregá, intão?

— Diz que ele, muito besta, um dia resorveu comer o homem que serve o cafezinho pro pessoá... aí notaram a farta do tar homi... deu uma confusão dos diabo no prenário...

# O GAÚCHO AO VOLANTE

Um casal de gaúcho vinha de carro numa estrada do Sul, ele guiando e correndo demais.

O inevitável acontece.

Um guarda com o marcador de velocidade nas mãos (gaúcho também) manda parar.

GUARDA — Sabe a quanto o senhor estava correndo? O senhor estava correndo a 140 quilômetros por hora.

MOTORISTA — Não, senhor. Não estava.

GUARDA (bravo) — Mas, bá. Estou dizendo que estava correndo a 140 é porque estava, tchê.

MOTORISTA — E se eu estou dizendo que não estava a 140 é porque não estava. E, sim, a 180.

Diante desta resposta o guarda pensa:

"Que gaúcho atrevido".

Olha, e vê que o gaúcho motorista estava acompanhado de uma mulher, naturalmente a esposa, e percebe que ambos estão sem o cinto de segurança obrigatório.

GUARDA — Cadê o cinto de segurança?
MOTORISTA — Está atrás... amarrando dois botijões de gás.

Vê que está diante de um gaúcho gozador, e pergunta à esposa:

GUARDA — Seu marido é sempre assim?
ESPOSA — Só quando bebe; tomou um garrafão de vinho...

Agora é demais...

GUARDA — Sinto muito, gaúcho. Mas vou ter que "tirar" a sua carta.

MOTORISTA (o gaúcho) — Agradeço. Faz três anos que venho tentando e não consigo.

# POVINHO DURO DE PAGAR IMPOSTO

Naquela cidadezinha lááá do interior o povo era tão revoltado com os políticos por causa das roubalheiras do Governo... mas tão revoltado... que o cemitério novo só foi inaugurado... ou melhor, só morreu gente pra inauguração depois que o prefeito deixou de cobrar o imposto... dos túmulos e das covas.

# MUNHECA DE LEITOA

Diz que o compadre Abílio era tão miserável (munheca de leitoa) que, um dia, estava ele no trem da Mogiana indo pra São Paulo, quando de repente houve uma gritaria generalizada.

Tragédia iminente. Um outro trem estava vindo em sentido contrário. Iam bater de frente. O choque era inevitável. Foi aquela gritaria no vagão. Todo mundo desesperado.

TODO MUNDO — Ai! meu Deus!... Nossa Sinhora, valei!... Vô perdê os meus fio... os amigos. Nosso Sinhô Jesuis, vamo morrê! O trem vai batê, Virge Maria, acode! Vô perdê minha famia...

OUTRO (chorando) — Nós vamo tudo perdê a VIDA agora.

O ABÍLIO (unha de fome arremata) — E eu, pessoá? Já pensaro? Comprei IDA e VORTA pra Sum Paulo. Vô perdê a vorta.

# TROCANDO OS BICHOS

Tarde da noite, quase madrugadinha, e o caboclo sitiante liga pro veterinário.

O telefone tava muito ruim... ele explica o que acontecia e o veterinário entende que o GADO do homem estava doente. Por telefone receita meio litro de óleo de rícino.

No outro dia o veterinário encontra o tal caboclo na cidade e pergunta:

— E então? Seu gado melhorou?

— Num era "gado", doutô. Era meu GATO.

— O quê? E o senhor deu meio litro de óleo de... rícino pro seu gato?!

— Dei sim sinhô, doutô.

— Então, seu gato morreu.

— Morrê memo, num morreu não, mas da úrtima vez que nóis vimo ele, o bichano tava subindo a montanha com mais cinco gatos junto. Dois abria os buraco... e os outros três ia tampando atrás.

# E POR FALAR EM PURGANTE

O Chico, filho do fazendeiro Antonico da fazenda "Aruêra", tinha comprado uma motocicleta. E zanzava com a tal moto pra tudo quanto era canto.

Lá um belo dia, ao passar pela venda do Sêo Anastácio na beira da estrada, longe da fazenda onde morava, eis que acaba a gasolina. E agora? A cidade ficava longe demais.

Ele fala com o vendeiro:

— Sêo Anastácio! O sinhô num tem gasolina pra vendê aqui, não?

— É craro que não, né Chico. Aqui num é posto. Ói, gasolina num tenho, mais óia, o que eu tenho aqui é óleo de rícino pra mode dor de barriga de criança. Se óleo cru é bão pra caminhão, quem sabe se óleo de rícino num faz sua moto pegá de repente? Se ocê quisé ponhá um pouco do meu óleo... num custa nada esprementá, ué.

E não é que, pra surpresa de todo mundo da venda, depois de colocar uns bons vidros de óleo de rícino no tanque da moto... a bicha pega logo na partida, roncando até, bonito que só vendo?

Foi só pegar pro Chico se mandar largando fumaça pelo escapamento.

No outro dia, ao passar na venda de novo, agora com o tanque da moto cheinho de gasolina do posto da cidade, Sêo Anastácio comenta, curioso:

— E então, Chico? Deu certo onti, hein... ocê viu só?

CHICO — Certo, inté que deu, Sêo Anastácio. Só que teve uns incunviniente.

ANASTÁCIO — Quar?

CHICO – A "bichinha" da minha moto num podia vê um matinho... já pendia pra ele. Daqui inté em casa paramo em vinte moita.

# QUEM MANDOU PERGUNTAR?

Na antessala daquela delegacia um caboclo da roça, chapéu na mão, espera para ser atendido pelo delegado.

Enquanto espera de pé, passa a olhar atentamente para um grande quadro emoldurado na parede.

É uma pintura. Tipo autorretrato de uma madame de coque, brincos e batom. O caboclo olhando.

Eis que surge o doutor delegado, e antes de chamá-lo percebe o interesse daquele caboclo simples da roça por aquela pintura ali na parede.

Então, de forma polida, educada, o delegado lhe pergunta:

— Gosta, caboclo?

— Gostá cumo, doutô? Uma muié feia desse jeito? Deus que me livre. Isso aí parece um fiote de cruiz-credo! É tão feia cumo uma briga de foice no escuro, doutô.

O delegado alimenta o papo:

— É?? O senhor acha, mesmo?
— Craro, ué. É feia demais, sô.
Calmamente, o delegado diz:
— É minha mãe.
Depois de uma pausa o caboclo arremata:
— Pois óia. Inté que é uma feiura "caprichada", sô!

# DIÁLOGO BEM RÁPIDO

Caboclinho, indo pra feira com um couro de onça no ombro, cruza com um compadre dele.
Diálogo mais rápido, impossível.

— Qué isso, menino? É onça?
— É não. É couro.
— É seu?
— É não. É da onça.
— Vai vender na feira?
— Se Deus quisé.
— E se Ele num quisé?
— Ofereço pra outro, uai.

# PINTAR OS OVOS

No galinheiro do Nhô Totico, uma de suas cinquenta galinhas deu pra comer os próprios ovos.

Depois de botar, ela quebrava o ovo com o bico e chupava o gostoso ovinho ainda quentinho. E comia também os ovos das outras parceiras de galinheiro. Dava um prejuízo danado.

Nhô Totico, ao descobrir isso, pediu orientação para o veterinário.

Este (o veterinário) disse-lhe que era muito comum esse fato, mas isso era de fácil resolução.

Bastava comprar alguns ovos de chumbo pintar de branco e colocá-lo no galinheiro, quando a galinha o bicasse machucava o bico e, daí, ela (a galinha) nunca mais chupava ovo nenhum.

Nhô Totico pede ao Tião, moleque de rua pra lhe fazer o favor de ir à venda comprar uns dois ovos de chumbo pra ele pintar de branco.

O Tião pega o dinheiro e vai à vendinha de beira de estrada. Na venda, é atendido por aquele velhinho que vem se arrastando e bem arcado pelos anos.

VELHINHO — O que que ocê qué, muleque?

TIÃO — Ô véio? Me diga: o sinhô tem ovo de chumbo, hein?

VELHINHO (bravo) — Seu muleque safado. Num respeita os mais véio, não? Que ovo de chumbo? Eu ando arcado assim... de reumatismo... Sai já daqui, perereca!

# UM CASAL SAUDOSO

Compadre Justino e sua mulher, a Zefa, já velhinhos... sentados à porta de seu ranchinho pobre, relembrando o passado.

ELE — Pois é, Zefa. Tava me alembrando quando a gente casô... Eu tinha muito dinhero dos negócio... Tinha mais de mir cabeça de gado... aí veio aquela peste. Ocê alembra? Morreu todo o gado e eu fiquei numa pindaíba de dá pena... e ocê sempre ali junto comigo. Se alembra, Zefa?

ELA — Éééééé... craro que se alembro, uai.

ELE — Despois a gente cumeçou a prantá roça, eu fui arribando de novo... cheguei a ter muita terra, né?

ELA — Éééé...

ELE — Mais despois veio a praga dos gafanhoto... ocê alembra? Perdemo tudo... fiquemo sem roça, e ocê aí... firme comigo... sempre junto. E quando eu fiquei doente, intão? Febre amarela. Icterícia... bronquite braba... fui internado, dois mês de hospitar... e ocê ali firme... sempre junto comigo...

ELA — É verdade...

ELE (num repente) — Ô Zéfa! Pensando bem... ocê dá um azar desgramado...

# A ESCOLINHA DA ROÇA

PROFESSORA — Meninos! A primeira pergunta de hoje é: vocês têm 500 reais. Quanto renderia este capital de 500 reais em dois anos, emprestados a juros de 1 por cento ao mês?

Todos os meninos começam a fazer contas, menos Sêo Tico, caipirinha esperto.

A professora percebe o desinteresse dele e pergunta:

— Sêo Tico, por que você não escreve fazendo as contas que passei?

TICO — Ah, fessora, 1 por cento de juro num me interessa imprestá, não.

PROFESSORA — Muito bem. Agora vou passar a você, Sêo Tico, um problema de aritmética.

TICO — Nisso eu sou bão, fessora.

PROFESSORA — Então, vamos ver. Seu pai *deve* no empório da fazenda 250 reais, *deve* na cooperativa mais 155 reais, *deve* ao patrão um vale de 55 reais. Seu pai DEVE......???

TICO — Eu acho que ele *deve*... de mudá depressa da fazenda, fessora. Ele num pode pagá, não.

PROFESSORA — Outra pergunta, Sêo Tico. TEMPOS de VERBO: O meu pai *me dá* dinheiro. Esta frase está em tempo... PRESENTE. A frase, meu pai *me deu* dinheiro é tempo PASSADO. Em que tempo está a frase PEÇO dinheiro a meu pai.
TICO — Tempo... PERDIDO, fessora.

# O JOÃOZINHO

— Fessora, o que que a baleia come?
— Baleia come sardinha, Joãozinho.
— E cumo elas abre as latinha?

O Joãozinho foi numa festa de aniversário dum amiguinho. Na saída com os pais, a dona da casa fala.
— Joãozinho, coma mais doce.
— Brigado, já tô cheio.
O pai o repreende:
— Não se fala cheio, filho. E sim "satisfeito".
DONA — Então leve nos bolsinhos pra comer em casa.
JOÃOZINHO — Os borso tamém tão "sastisfeito".

# ESCORREGÃO DA PROFESSORA

A professorinha vinha da cidade pra dar aula na roça. Antes de ela chegar de charrete, era aquela zoeira na classe.

A meninada variava de idade. Tinha de cinco até uns marmanjos de doze anos. Antigamente era assim que o governo garantia o pouco aprendizado nas fazendas do interior. Tudo misturado. Meninas e meninos.

Uns escreviam bobagens na lousa, outros comiam a banana nanica do lanche etc. etc.

Eis que chega a professorinha cheia de cadernos das provas debaixo do braço, entrando na classe.

— Bom-dia, crianças. Bom-dia.

Um daqueles espevitados moleques que comiam banana joga a casca, sorrateiramente, no caminho da moça. Esta escorrega e a classe inteira pôde ver as partes íntimas da professorinha, esparramada no chão.

A criançada cai na gargalhada, pois quem não ri de um belo tombo improvisado?

A professora se levanta rapidamente, se recompõe puxando o vestido e, apontando para um dos meninos, que ainda ri, pergunta de um jeito bravo.

— Por que está rindo Manoel?

Criança não mente, fala rindo:

— Eu tô rindo por que eu vi as canela da prefessora.

PROFESSORA (severa, ordena) — Fora da classe. Pode ir pra casa. Três dias suspenso das aulas.

PROFESSORA (ao outro) — Pedrinho! Do que você está rindo?

PEDRINHO — É que eu vi os juêio da prefessora.

PROFESSORA — Fora daqui. Quatro dias de castigo sem aula.

PROFESSORA (a outro) — Joãozinho, do que ri?

JOÃOZINHO — É que eu vi as coxa da prefessora.

PROFESSORA — Cinco dias fora da escola. Vá embora.

Neste momento ela percebe um garoto grandão pegando seus cadernos e encaminhando-se para a porta de saída.

PROFESSORA — Sêo Zezinho, onde o senhor pensa que vai?

ZEZINHO (num gesto largo com as mãos) — Eu tô expurço. Tô expurço!

# AULA DE MATEMÁTICA

Sala simples de aula, na fazenda Santa Luzia. Umas vinte crianças, dentre elas aquele caipirinha matreiro, o Tico, filho do Nhô Totico.

PROFESSORA — Nhô Tico, hora da matemática.

TICO — Bamo lá, fessora. Pode preguntá.

PROFESSORA — Nhô Tico, eu caminho numa rua, de repente acho uma nota de 10 reais. Caminho mais um pouco acho três moedas de 1 real... vá anotando aí no caderno. Lá na frente ainda acho no chão outra nota, agora de 20 reais. Vou andando e encontrando outras moedas... uma de 50 centavos e mais três moedas de 25 centavos. Anotou tudo?

TICO — Sim sinhora.

PROFESSORA — Ao fim dessa minha "achação" de dinheiro, o que eu tenho?

TICO — A sinhora? O que tem?

PROFESSORA — É. O que tenho?

TICO — Ara... A sinhora tem uma bruta duma sorte. Eu ando por aí tudo e nunca achei nada...

# A FRANQUEZA DA CRIANÇA

Aquela mãe se arrumava ao espelho para uma festa. O Zequinha, seu filho de uns sete aninhos, passa correndo e para. E ali, pela primeira vez, resolve acompanhar o famoso ritual da beleza feminina.

A mãe acabara de colar com uma cola branca um dos cílios compridos nos olhos. Em seguida, com um minúsculo pincel passa rímel. Ao perceber o filho parado, brinca com ele.

— Oi, filho.
— Oi, mãe.

Ela continua. Coloca o outro cílio e pisca para o Zequinha.

Zequinha continua acompanhando tudo e, de vez em quando, sorri. Agora a mãe faz um risco bem fino no lugar das sobrancelhas raspadas. Era moda na época, apenas um risco de lápis preto. Vai para o rouge nas duas faces. Olha de novo o filho interessado e faz um carinho rápido no queixinho do mesmo.

A moda do cabelo era aquele penteado que, inevitavelmente, nos lembrava uma grande caixa de marimbondo. Ao que ela tasca laquê. Nos lábios carnudos, passa batom bem vermelho num desenho de coração. E, só para completar o toalete, tasca duas argolas bem grandes nas orelhas, como brincos. Nesta hora, o Zequinha, naquela idade em que a criança gosta de tirar dúvidas e indagar sobre todas as coisas, pergunta:

— Ô mãe? Por que a mulher se pinta, hein?
— Ora, meu filho. É para ficar mais bonita.
— E por que num fica?

# DOCE INGENUIDADE

Lá vem vindo pela ruazinha de terra da cidade uma menina duns doze aninhos, filha dum sitiante. Ela vem puxando por uma corda uma vaquinha branca.
O vigário daquele vilarejo vai passando por ela, vê esse quadro e pergunta, com aquele jeito bondoso:
— Pra onde você está levando esta vaquinha, filha?
— É pro touro cobrir ela, sêo vigário.
— Mas, menina, na sua casa não tem ninguém pra fazer este "serviço", não?
— Não, sêo padre. O pai disse que esse "serviço" é pra touro memo.

# CRENÇA E DESCRENÇA

Tem caboclo que conhece o tempo. Quando vai chover ou não.

Dois compadres vão pela rua.

Um era daquele tipo caladão que só aprova ou desaprova quando o outro, um falador, fala.

O falador olha o céu sem nenhuma nuvem:

— É, cumpade, esse ano a seca vai sê braba, hein? Óia só o céu.

O outro apenas olha.

E ele continua:

— Tô te falando. Esse ano a seca vai ser pior que a seca de 1932.

O outro:

— Num vai não, cumpade. Deus tá no céu.

— Uai. E em 32 Ele tava adonde?

# CAPINANDO NA HORA DA AVE-MARIA

O roceiro está capinando à beira dum brejo, às seis horas da tarde.

Eis que passa a cavalo o compadre Zeca, católico fervoroso, e brinca com ele.

— Tarde, cumpade!

— Tarde!

O compadre Zeca olha o relógio:

— Mas o que é isso, cumpade? Capinando na hora Ave-Maria? É pecado.

ROCEIRO — Ah, tem que acabá esse eito ainda hoje, de quarqué jeito, cumpade.

COMPADRE — Pelo menos diga "se Deus quisé", cumpade...

ROCEIRO — Se Deus quisé o quê, cumpade? Se Deus quisé ou num quisé, eu tenho que acabá hoje de quarqué jeito memo.

Ao falar isso, como que por castigo, escorrega e cai de boca no brejo...

O compadre salta do cavalo e pula no brejo para salvá-lo. Está difícil... Depois de muito tempo consegue tirá-lo de lá, do brejo.

O roceiro já estava até roxo, sufocado de lama.

É levado depressa para o hospital, balão de oxigênio etc. Fica internado uns três dias...

Na semana seguinte, já refeito do "baque", eis que este nosso amigo roceiro está capinando no mesmo lugar, à beira do mesmo brejo.

De novo as seis horas da tarde passa o mesmo compadre herói.

— Tarde, cumpade.

ROCEIRO — Tarde.

COMPADRE (censura) — Que isso, cumpade? De novo, capinando na hora da Ave-Maria?

ROCEIRO — Ah, pois é. Eu tenho que acabá hoje de quarqué jeito, ué.

COMPADRE — Óia... Fala "se Deus quisé", cumpade...

ROCEIRO — Ah, se Ele num quisé, o brejo tá aí... ó.

# ORADOR EVANGÉLICO

Na Praça da Sé, em São Paulo, um orador discursa, de forma inflamada, o seu sermão.

— A bebida alcoólica é uma maldição, meus irmãos! Por isso, toda bebida deve ser atirada ao mar.

Um caboclo assistente grita, no meio da multidão:

— Muito bem. Apoiado. Deve mesmo. Ao mar a bebida!

ORADOR — A mulher pecadora, também. Todas as mulheres pecadoras devem ser atiradas ao mar. Bem nas profundezas.

O MESMO ASSISTENTE — Muito bem. Apoio.

ORADOR — O dinheiro. O dinheiro é a perdição da humanidade. Todo dinheiro deve ser atirado ao mar.

O MESMO ASSISTENTE — Isso. Muito bem. Apoio totalmente.

Um outro assistente se intriga e pergunta ao que sempre apoia:

— Que tanto o senhor apoia? O senhor também é pastor?

O OUTRO — Não. Eu sou **mergulhador** profissional.

# O QUE NUM FAZ A PINGA?

O Zeca, caboclinho chegado numa boa cachaça, está sentado num banco na frente do ranchinho, no meio de dois de seus filhos, o Tiãozinho e o Tonhinho. Ele pede ao primeiro:

— Ô Tião! Pega um vaziame de vidro e dá um pulinho na venda e vai buscá um pouco de pinga pra mim, fio. Tô cum vontade de tomá um gole pra abri o apetite pra janta.

— Ah. Num vô não, pai. Os mérco falaro que o sinhô num pode bebê pinga mais não. Senão o sinhô morre. O doutô falô pra mãe que o sinhô só pode tomá pinga se um dia o sinhô fô mordido por uma cobra.

O Zeca olha agora pro outro filho:

— Ô Tonhinho! Ocê sabe onde é que tem uma boa cobra por aí?

— Sabê eu sei, pai, mas num dianta o sinhô ir lá não pru que a fila tá dando três vorta no quarterão.

# ETA CACHAÇA MARDITA!

Na ruazinha da cidade, aquele caboclo cachaceiro, parado na porta de um bar cheio de gente, dirige gracejos à uma mulher muito feia, que passa.

A mulher muito feia reage em voz alta

MULHER — Sêo bêbado. Você é um bêbado. Não se enxerga, não?

BÊBADO — E você é feia. Muito feia. Num se enxerga tamém, não?

MULHER — Sou feia, mas não sou bêbada.

BÊBADO — É. Mas amanhã eu tô bão.

MULHER (continua) — Olha, Sêo bêbado... Se você fosse meu marido eu botava veneno na sua bebida.

BÊBADO — Pois se a sinhora fosse minha muié, eu bebia esse veneno com gosto.

# SEMPRE A "MARDITA"

O compadre Dorival contava que Sêo Dezidero estava vai não vai... morre não morre. Só por causa dela, da "mardita". Isso mesmo: da..."mardita"... porque cachaça é assim:

Você tem que beber de forma limitada.

Dizem até que uma dosezinha diária é fortificante, um santo remédio. Mas, no exagero, é veneno puro. Na falta de controle, pode-se encomendar o tal "envelope de madeira" e passar a procuração pros herdeiros. É morte certa.

Pois assim estava acontecendo com o pobre Dezidero.

O Dorival é que contou.

Chamaram até o padre Chico, que veio acompanhado de duas irmãs de caridade pra rezarem na sua cabeceira e quem sabe, assim, ajudar na passagem. O Dezidero ia mesmo "viajar fora do combinado", ia deixar o mundo naquele dia por causa da "mardita" cachaça exagerada.

Então, diz que uma das irmãs (de caridade) tinha trazido, a pedido do bom vigário, uma estátua da Nossa Senhora de Aparecida, a padroeira, aquela que tem a coroa saliente e redondinha na cabeça.

Essa "estatuinha" trazida tinha mais ou menos um palmo e meio de tamanho.

E estão ali, naquela cena comovente, aquelas três almas caridosas do clero, à cabeceira da cama do Dezidero, onde o pobre já nem falava mais há dias.

E começam uma ladainha triste e bonita de quebrar corações, quando uma das irmãs coloca entre as mãos trêmulas do Dezidero a imagem da santa.

Em dado momento, Dezidero começa a balbuciar alguma coisa com dificuldade. Não se fazia entender, coitado. Então, aperta com força entre suas mãos a imagem da santinha e tenta levá-la a boca como se quisesse até beijá-la.

Uma das irmãs, com grande prática nessas "coisas" de redenção de cachaceiros, diz ao vigário que rezava baixinho:

— Padre Chico, ele quer falar. Quer se redimir. Quer se arrepender antes de ir.

Enfim, o Dezidero estava mostrando arrependimento pela vida desregrada no vício "mardito" da "mardita" cachaça.

PADRE — Fale, Dezidero. Arrependa-se, meu filho. O que você quer nos dizer nesta hora? Fale — e encosta o ouvido de padre perto da boca do Dezidero para entender seu último pedido.

Dezidero aponta agora a coroa da santa e, com muita dificuldade, foi esforçando-se para ser entendido. O que de repente aconteceu:
— Ti-ti-tira... a... rolha, porra!

# ME EMPRESTA A GARRAFA

Eram dois compadres que moravam no mesmo sítio, Osório e Zeca. E que, sempre juntos, bebiam umas pinguinhas no empório do Toniquinho nos domingos de manhã.

Dia desses, um deles, o Osório, querendo levar um pouco de cachaça pra casa, pediu ao vendeiro um vasilhame.

— Ô Seu Toniquinho, põe metade nesse litro aí, que vou levá pro sítio amode bebê lá.

O companheiro Zeca deu de querer fazer o mesmo, mas tinha acabado as garrafas vazias da venda.

— Ô cumpade Osório, vamos fazê ansim, ó. Ocê empresta a mema garrafa. Ocê tá levando só meia, num tá? Intão, eu proveito a outra metade que tá vazia e levo metade pra mim tamém. Lá em casa nóis separa a pinga minha, uai.

O outro concordou, encheram até a boca da garrafa, cada um pagou sua metade e saíram de volta pro sítio.

Mas — sempre tem um mas — o primeiro começou a beber mesmo na estrada. Andava, proseava e bebia um golinho. Prosa vai, prosa vem, e toma pinga. Nem oferecia ao compadre Zeca.

Ao chegar ao sítio foi que o Zeca percebeu que a garrafa estava vazia. O compadre Osório tinha tomado tudo.

Zeca bronqueia:

— Ô cumpade, ocê bebeu a minha metade de pinga tamém... que que é isso? E agora? Cumo ocê me faz uma coisa dessa?

O outro, na simplicidade:

— Ué, Zeca! Cumo é que eu ia bebê a minha metade sem bebê a sua? A minha metade era a que tava em baixo!

# "ELUARADO" DE CACHAÇA

Dois bêbados vêm caminhando na madrugada pelas ruas lá na minha terra.

Tinha chovido muito na rua de terra, que ainda mostrava espalhadas por ali algumas poças d'água. Lá no céu, brilhava a majestosa lua, que de forma nítida e bem branca agora era refletida nas tais poças, bonita que só vendo.

Um dos bêbados para, olha fixamente pra uma poça d'água e comenta com o outro, de forma filosófica:

— O que é a vida, hein, companheiro? Os americanos gasta uma fortuna em dólar pra subir na lua... nóis toma umas cachacinhas e pisa nela todo dia.

# CAVALO MORTO É MAIS CARO

Se falar que o Adãozinho, personagem lá da minha terra, vendedor de cavalos, é esperto, bota esperto nisso. Senão, vejamos: ele vendeu um cavalo por 500 mil réis e, uma semana depois, o comprador o procura pra dizer que o tal cavalo morreu.

ADÃOZINHO — Num tem pobrema, cumpade. Ocê me devorve o cavalo morto que eu te devorvo os 500 mir réis.

COMPRADOR — Mais cumo, Adãozinho? O cavalo tá morrido lá in casa.

ADÃOZINHO — Num faz mar, ué. Trais ele morto memo. Mas, óia: num conta pra ninguém, senão eu num te devorvo dinhêro nenhum, hein?

Isso combinado, isso feito.

Um mês depois, o comprador encontra o Adãozinho.

— E daí, Adãzinho? O que que ocê fez com o "cadarve" do pangaré?

— Ganhei um bão dinhero, sô.

— Cumo??

— Eu fiz uma rifa de mir numbro do cavalo vivo. Vendi todos os numbro. Cada numbro a 1 rear. Fiz quase mir rear na rifa.

COMPRADOR — E quando descobriram que o cavalo tava morto, num teve bronca?

— Teve, ué. Mas só do ganhador da rifa. Aí eu devorvi pra ele o 1 rear que ele pagou.

# O ADÃOZINHO DOS CAVALOS

O Adãozinho, como eu já disse, por ser um grande negociante de cavalos, éguas, potros e mulas, era muito respeitado quando o assunto envolvia esses queridos animais de sela.

Pois bem.

Numa tardinha, depois que o Adãozinho já tinha engolido a décima pinguinha no empório do Toniquinho, e depois de brincar de mamar nas tetas da própria égua para provar que a dita cuja era mesmo mansinha, eis que passa do outro lado da calçada o compadre Deodato.

DEODATO (gritando) — Ô Adãozinho! Adãozinho, o que que ocê deu pro seu cavalo quando ele teve duente?

ADÃOZINHO — Terebentina (repete pausadamente). Eu dei te-re-ben-ti-na.

O compadre vai à farmácia mais próxima, compra terebentina, leva pra casa, dá pro cavalo dele beber e, pra grande surpresa, o cavalo, depois de beber a tal de "terebentina", cai morto na hora. Mortinho... mortinho.

O compadre volta às pressas e, muito bravo, ainda encontra o Adãozinho no boteco.

DEODATO (bravo) — Ô Adãozinho? Eu preguntei o que ocê deu pro seu cavalo quando ele teve duente. Ocê falô que deu terebentina... Eu dei terebentina pro meu cavalo e ele morreu.

ADÃOZINHO (na calma) — O meu também.

# SE É PRA MENTIR...

— Estava eu caçando, de repente escuitei uns baruinho que era ansim: *toc toc toc*... *xiiii*...

Primeiro fazia *toc toc toc*, despois vinha um outro baruinho assim: *xiiii*...

— Ué, o que era esses baruio, cumpade?

— Sabe o que era? Eu fui procurando, procurando, de repente achei o que era aqueles baruinho... óia sô. Era um pica-pau... num tronco de arve... Ele batia o biquinho... *toc toc toc*, né?

Aí, o biquinho dele esquentava avermeiando de tanto *toc toc*... aí ele punha o biquinho numa vasia d'água mode esfriá. Fazia... *xiiii*...

— Ara, vá pros quinto!!!

# Ô MINTIRINHA BOA!

— Cumpade, lá no terrero de casa tinha uma arve frondosa, bonita que só vendo. De noite amontoava de paturi pra mode drumi lá em riba da minha arve frondosa.

Mais, óia. Era tanto paturi... mais tanto paturi que durmia lá, que um dia eu fui sê besta de espantá os paturi de lá...

Pois num é que eles avuaram e carregaro a arve junto!

# UMA QUESTÃO DE FONÉTICA

Dois compadres proseiam:
— Pois outro dia eu fui no *somitero*...
O outro corta:
— Num é *somitero* que fala não, cumpade... É *cementero*... O nome vem de *cemento* por causa dos tumbro que é feito de *cemento*.
Intão, é *ce-men-te-ro*...
O outro teima:
— Não sinhô. O certo é... *somitero*. Pru que quem vai pra lá some!

# PROSINHA BOA

— Cumpade, ocê sabe quem morreu?
— Num sei, não. Quem foi?
— O Antonho da bica. O fio da dona Carmela.
— Nossa. E de que ele morreu?
— Peneumonia...
— É? E foi da simples ou da pineumolia dupla?
— Foi da simples.
— Ainda bem né, cumpade... mior ansim.
— E o Tico do armazém? Se alembra dele?
— Claro que se alembro. O que tem ele?
— Tamém morreu. Três antonte.
— Vixe! E de quê?
— Diz que tomou furmicida Tatu...
— Tamém é bão. Tamém é bão.
— Agora eu é que te pregunto. O Chico leiteiro? O que é feito dele? Tamém esse morreu? Ou tá vivo?
— Bão. Esse... se num morreu deve de tá bem aburrecido com o pessoá.

— Uai. Pru que?
— Ara... Pois ponharo ele num caxão, fecharo a tampa com prego batido, enfiaro num buraco fundo e tacaro seis parmo de terra em riba dele, sô.
— Vixe!

# VINGANÇA DA DEFUNTADA

Aquele caboclo gostava muito de tomar umas e outras de tardinha, naquele boteco encostado no cemitério São Paulo, em Pinheiros. Pedia a pinga pro dono do bar, o Sêo Manoel, um simpático português.

Antes de beber, encaminhava-se até a porta com o cálice na mão, levantava-o e bradava, projetando a voz caipiresca pra dentro do cemitério.

— Ê defuntada! Tão servido? Vamo tomá uma cachaça comigo? — e virava na goela.

O Manoel, como bom cristão, o censurava:

— O que é isso, rapaz? Mais respeito com os mortos!

— Que respeito, Sêo Mané? Tá tudo certo. Tudo certo.

No dia seguinte, a cena se repetia:

— Ê defuntada! Tão servido? etc.

A mesma censura do português:

— O que é isso, rapaz?

E a mesma resposta:

— Tá tudo certo, Sêo Mané. Tudo certo.

Eis que três estudantes fregueses, que sempre presenciavam a cena, resolvem pregar uma peça no sujeito, um susto pra que ele nunca mais fizesse aquilo. Aquele ato desrespeitoso aos mortos, segundo o bom Sêo Manoel.

Os estudantes combinam então entre si e, naquela tarde, antes de o caboclo chegar ao bar, se escondem do lado de dentro do cemitério, cada um vestindo um lençol branco para imitar um fantasma. E cada um trazendo um pedaço de madeira para dar uma surra no atrevido.

Eis que o dito cujo chega, pede a pinga e se dirige para a porta para oferecer o *drink* aos pobres defuntos do cemitério São Paulo.

— Defuntada! Tão servido?

Nem mesmo termina a fala, e eis que surgem, vindos de dentro do cemitério, os três fantasmas fazendo uivados. Arrastam o atrevido para dentro do campo santo... e tome cacetada. Depois de o deixarem desvalido, se afastam por entre os túmulos, com aqueles uivos tenebrosos.

— Uuuuuuuuhhhhhhhhhh!...

No dia seguinte, o dito cujo aparece com vários esparadrapos no rosto etc.

O bar está lotado. Todos queriam testemunhar o resultado daquela bela lição. Inclusive Sêo Manoel, o velho português:

— Está vendo, rapaz? Eu não te dizia para não mexer com os mortos? Mas você teimava e dizia: "Tudo certo... tudo certo". Olha aí...

E o caboclo:

— Pra mim tá tudo certo mesmo, viu Sêo Mané. Agora, o que num tá certo... é enterrar defunto com **cacete** na mão!

# ASSOMBRAÇÃO

Aquele moço estava esperando a condução no ponto da frente do cemitério da Consolação, na capital.

Era uma sexta-feira e faltavam cinco minutos para a meia-noite.

De repente encosta um outro moço.

O ônibus não chegava, deu meia-noite, e este moço olha pro relógio, pros lados, coisa e tal... E o primeiro moço resolve então puxar conversa:

— O amigo por acaso tem medo de alma do outro mundo, assombração, essas coisas?

O moço, com desdém:

— Eu não, rapaz. Ocê acha que vou ter medo dessas bobagens de gente morta?

E o outro responde:

— Gozado, eu também quando era vivo num tinha medo, não!

# CONVERSA EM VELÓRIO

Aquele inveterado apostador do jogo do bicho vai, à tardinha e às pressas, a um velório de um compadre.

Como não tivera tempo de saber o resultado da sua "fézinha" daquele dia, ao encontrar um outro viciado, ao lado do caixão do morto, sussurra ao seu ouvido:

— Por acaso ocê sabe o que deu no bicho?

O outro penalizado, sem tirar os olhos do defunto:

— Acho que foi INFARTO.

# MAIS CONVERSA EM VELÓRIO

Quer outra?

De repente morre um amigo boêmio da turma dos cachaceiros lá do meu bairro.

Eis a cena no velório:

Cinco amigos rodeiam o caixão, com aqueles olhares pesarosos, para o amigo morto — e muito pálido.

Então, um deles quebra o silêncio fúnebre e comenta com o outro amigo do outro lado da cabeceira do caixão:

— Ele está bem diferente, não é?

E o outro:

— Também... há dois dias que não bebe!

# O GALO ARREPIADO

Este é um causo muito antigo.

É do tempo em que ainda havia bonde nas ruas e avenidas de São Paulo.

É um causo tão antigo que duas velhinhas amigas podiam passear nas movimentadas calçadas do centro sem serem molestadas.

Mas, é mesmo um causo tão antigo que... vejam vocês o que aconteceu:

Duas velhinhas solteironas e muito amigas passeavam de tardinha na Avenida São João, olhando as lindas vitrines.

Eis que, de repente, num susto, passa por entre suas pernas uma desesperada galinha.

A dita cuja fugia de um galo "machão" e arrepiado, que vinha atrás feito um azougue.

Os dois — galo e galinha — sempre correndo atravessam a Avenida São João por entre os carros, ônibus e bondes.

Batem nas paredes da outra calçada e voltam para onde estão as ditas velhinhas.

E sempre a desesperada e pobre galinha a fugir daquele galo "machão".

De repente, um bonde atropela a galinha matando-a no ato.

O galo sortudo se safa, pois vinha um pouco atrás da infeliz.

Ao que uma das velhinhas comenta, admirada e pesarosa, à querida amiga solteirona.

— Viu só, comadre? Preferiu a morte, hein?!

# A VANTAGEM DO ALEMÃO

Um alemão de Santa Catarina está num boteco, com umas cervejas na "cuca" e resolve contar vantagem pra um caboclinho da roça que está do lado dele no balcão.

— Pois, fique sabendo, caipirra, que no meu Alemanha o ciência estarrr muito avançada... mais do que no Brrrasil de vocês.

CAPIAU — É memo, lemão?

ALEMÃO — É clarrro. Por exempla: uma vizinha meu ficarrr cego de duas vistas. Os médicos alemons fizerom operraçon colocando no lugar das vistas, duas bola de gude... de vridrro... E agorra ele enxergarrr perfeitamente. Melhorrr do que eu.

CAPIAU — É? Pois óia, alemão, na minha terra, aqui no sítio tem um cumpade que ficou sem as duas mão numa máquina de cortar cana. Sabe o que os mérco fizero?

ALEMÃO — Non. O que eles fizerro com ele?

CAPIAU — Os mérco fizeram enxerto com teta de peito de vaca. Agora ele tem dez teta nas mão. Toda vez que ele quer tomar leite ele leva um dos dedo na boca e espreme. O leite sai até quentinho... Tem leite a hora que quiser.

ALEMÃO — Ohooo... esta nom pode ser... eu querrrr ver parra crer.

CAPIAU — Mais num é ocê que vai vê não, lemão? Traiz seu vizinho dos óio de vidro. Ele é que vai ele ver, uai.

# BARBEIRO MUITO CRIATIVO

O Besouro, barbeiro muito popular da minha terra, tinha uma forma especial de barbear os fregueses. No final do serviço, pedia para o que cidadão barbeado botasse uma bolinha (de madeira tipo pingue-pongue) na boca. E só então terminava o serviço.

Um dia, apareceu por lá um viajante, portanto desconhecedor da mania do criativo barbeiro.

Ao terminar de barbear o dito cujo, fez o pedido. Ou melhor, deu a ordem:

— O senhor quer botar esta bolinha na boca, por favor?

— Mas...

— Por favor!

O viajante coloca a bolinha na boca e o barbeiro Besouro escanhoa:

— Quer passar para o outro lado da bochecha por favor?

Assim foi feito, simplesmente para que o freguês ficasse com uma barba bem feita e escanhoada.

Ao final, até admirado com essa criatividade do barbeiro, o tal freguês, ao pagar pelo serviço bem feito, pergunta curioso:

— Ô barbeiro, não tem perigo alguém engolir esta bolinha, não?

— Óia, moço. Já até aconteceu, mas o pessoar da minha cidade é muito honesto... Eles devolve no dia seguinte!

# OS OLHINHOS DO BEBÊ

Todo mundo sabe que antigamente, quando uma criança nascia, demorava um mês ou mais pra que ela abrisse os olhinhos...

Hoje, não. A criança já nasce quase falando...

Com uns três anos mais ou menos já tá no computador etc. e tal...

Pois bem.

Nasce o filho de um caboclo.

Um mês depois, o neném... a criancinha ainda não havia aberto os olhinhos.

Dois meses e nada de o menino abrir os olhinhos... três meses... e ainda nada. Os olhinhos continuavam fechadinhos.

O pai desespera-se... e leva-o no pediatra, no médico.

O médico examina e tal... e pergunta ao pai:

— Mas o que acontece com esse menino?

— Num sei, doutô... ele já tá com quase trêis mêis e num hai meio dele abrir os óio.

O médico examina os olhinhos da criança, olha para o pai e arremata:

— Olha, meu amigo, quem tem de abrir o "olho" é o senhor. Este menino é japonês!

# QUEM PERGUNTA QUER RESPOSTA

Um moço da capital vai passear pela primeira vez na fazenda de um tio.

Numa bela tardinha, o tio manda selar um cavalo pra que ele dê umas volta por ali.

O moço pega a estradinha que vai pro rumo da cidade e toca numa marchinha lenta e picada do cavalinho.

Sem saber se a cidade mais próxima ficava muito longe, ao cruzar com um caipirinha na beira da estrada, pergunta:

— Ô caboclo, quanto tempo eu levo daqui até a cidade?

— Eu num sei não, moço.

— Mas, o senhor não é daqui?

— Sou, mais quanto tempo o sinhô leva eu num sei não...

O moço deu de ombros e meteu a espora no animal, saindo agora numa louca disparada.

O caipira grita:

— Moço! Ô moço! Vorta aqui!

O moço volta, também em disparada, e ouve o caboclinho:

— Óia. Nessa toada que o sinhô saiu é só meia hora.

# QUEM MANDOU TER NOME COMPRIDO?

Um viajante ia pela estrada à noite e se perdeu.

Começou a procurar, por ali, uma casa pra pedir pousada.

Achou uma, com tudo apagado.

Aproximou-se da janela e bateu, falando:

— Ô de casa! O senhor tem pousada?

De dentro respondem:

— Quem tá aí? Diga o nome.

E o viajante se identifica:

— Aqui é Antonio José Laurentino de Almeida Cardoso da Fonseca Imperial das Cruzes.

E o caboclo responde lá de dentro:

— O sinhô vai descurpá, mais a minha casa num tem lugá pra tanta gente, não!

# PRA OBEDECER AO DELEGADO

Aquele caboclinho foi chamado pelo delegado da cidade para ser testemunha de uma "contenda" entre dois sitiantes conhecidos.

DELEGADO — Sêo Tonico, aqui o senhor vai dizer apenas o que sabe, tá bom? Aqui o senhor nunca poderá dizer uma coisa só por que o senhor ouviu alguém dizer.

SÊO TONICO — Sim sinhô, doutô. Pode deixá.

DELEGADO — Vamos lá. Primeiro vamos fazer sua ficha. Quando o senhor nasceu?

SÊO TONICO — Ah, sei não, doutô.

DELEGADO — Ora, como o senhor não sabe quando nasceu?

SÊO TONICO — Eu só sei isso por ouvi dizê, uai.

Outra sobre DELEGADO?

# A EFICIÊNCIA DA POLÍCIA

Na delegacia, aquele reclamante da cidadezinha (do comércio) procura o delegado.

— Doutô, onte eu tive aqui registrando pro sinhô, pra mode recramá que tinham roubado a minha carteira de dinheiro, mais foi ingano, viu? É que eu tinha só perdido ela. Tava lá em casa e já incontremo.

O DELEGADO — Ah, agora é tarde, Sêo Quincas. O ladrão já tá preso.

# DITO PRETO E O FORDECO

Meu amigo Dito Preto havia comprado a prestação do coronel Lidário, fazendeiro da região, um fordeco 29, caindo aos pedaços.

Funcionando mesmo só o motorzinho "retificado".

O coronel quis substituir pelo fordeco o carro de boi com o qual o Dito até então trabalhava em sua fazenda puxando cana.

Aos sábados o Dito com o caminhãozinho fumacento e barulhento ia até o rio Sapucaí, que fica na beirada da nossa cidade de São Joaquim da Barra, pra pescar um peixinho pra comer tomando umas "biritas".

Pra chegar ao Sapucaí, inevitavelmente, tinha que passar por um trecho da famosa via Anhanguera.

Eis que, no meio da estrada (Anhanguera), surge um guarda rodoviário fazendo sinal pra ele encostar. Dito, obedecendo, só foi conseguir parar no acostamento a uns 200 metros de distância do guarda. Este caminha...

caminha e ao chegar já vai tirando o caderninho de anotações, solicitando:

— Sua carta?

DITO — Num tenho, sêo guarda. Comprei esse caminhãozinho este mês. Num deu pra comprar a carta ainda.

GUARDA — Documentos, então?

DITO — Que documento é esse sêo guarda?

GUARDA — Ora, meu amigo. Documento de propriedade do carro. Que prova que este carro é seu.

DITO — Pelo amor de Deus, sêo guarda! Todo mundo me conhece. É craro que é meu. O sinhô acha que eu ia roubá esse carro?

O guarda vai até a frente do caminhãozinho. Já é quase noite.

— Acenda os faróis.

DITO (pondo a cabeça pra fora) — O sinhô vai descurpá que o faror da esquerda tá queimado... e o da direita num tem luz, sêo guarda!

O guarda volta.

— Buzina?

DITO — Buzina? Num tenho buzina também não, por que na fazenda num tem trânsito. Quando aparece uma vaca deitada na estrada eu assovio (faz). O sinhô acha que eu vou gastá dinheiro com **superfro**??

GUARDA (já impaciente) — O senhor não tem farol, não tem buzina, não tem carta, nem documento... espero que o senhor tenha pelo menos breque.

DITO — Ara, sêo guarda. Se eu tivesse breque tinha parado lá atrás, quando o sinhô mandô.

GUARDA — Olha, meu amigo, se eu for multar

o senhor, mesmo vendendo este caminhão, não daria pra pagar a multa, de tão alta. Vamos fazer o seguinte: faça de conta que não vi o senhor. Pode ir embora.

DITO — Intão, por favor, sêo guarda. Dá uma empurradinha nele, que tô sem **bateria** também.

# AS MOCINHAS E O CAIPIRA

Dois compadres passeiam pela primeira vez na capital, com aquele jeito desengonçado de andar, tipo Mazzaropi: roupa curta, calça nas canelas etc. e tal.

De repente, percebem que duas mocinhas numa janela, do outro lado da rua, estão rindo muito do jeito deles e cochichando.

Os dois atravessam a rua e um deles diz para as mocinhas:

— Ô dona, pur favor. Pode me dizê se é aqui o quarté da força pública?

UMA MOCINHA — O quê? (e as duas riem mais ainda) Quartel? Por que o senhor acha que aqui é o quartel?

CAIPIRA — Ara, pru que nóis tá vendo dois canhão na janela!

# NOMES ESQUISITOS DE CRIANÇA

Numa região do Nordeste o povo tem mania de batizar criança com nomes esquisitos, aqueles nomes gregos compridos etc.

Dois compadres se encontram depois de muitos anos. Depois de cumprimentos, falam as novidades em termos de filhos.

— Cumpade, lá em casa tem duas recém-nascidas. Duas menininha gêmea. Uma nóis ponhamo o nome de Aureomicina e a outra Penicilina.

E o outro conta suas novidades:

— Pois lá em casa nós também temos criança nova. Uma menina. Essa se chama Maria.

— Que pecado, cumpade! Onde ocê tava com a cabeça? Botar nome de "bolacha" na pobrezinha!

# CONVERSA DE CAÇADOR

Dois compadres, chegando da caçada, entram no bar. Cada um traz um bornal.

O dono do bar pergunta ao primeiro:

— Ô Zico, o que ocê caçou hoje?

— Ah, hoje eu cacei umas pomba do mato, duas perdiz e... etc. etc. etc.

E faz a mesma pergunta para o outro caçador.

— E ocê, Antonho? O que ocê caçou?

— Eu??

— É, ocê. O que caçou?

— Eu só peguei só umas "etctrinhas"!

# PASSAGEIRO SEM BILHETE

Ele pegou o trem da Mogiana justamente na minha terra, São Joaquim.

E ele não tinha um "puto" (dinheiro) no bolso.

Perto de Orlândia (a primeira cidade) lá vem o chefe pedindo alto e picotando o bilhete dos passageiros.

CHEFE — Bilhete! Olha o bilhete!

Ao pedir o bilhete pra ele, veio a resposta simples:

PASSAGEIRO — Num tenho biête não, sinhô.

CHEFE — Uai. E o senhor pensa que vai viajar sem bilhete? Pois o senhor vai descer na próxima estação.

E não só ele desceu em Orlândia (próxima estação) como levou, de quebra, um pescoção do chefe.

O trem retoma a marcha ele pula no estribo e entra de novo no vagão. De repente, e... lá vem o chefe de novo. Agora já estamos com o trem perto de Ribeirão Preto.

CHEFE — O senhor de novo? Comprou a passagem?

PASSAGEIRO — Não, sinhô. Num comprei nada.

CHEFE (bravo) — Então vai descer de novo na próxima.

Outra estação, outro pescoção e ele apinchado pra fora na plataforma da estação de Ribeirão Preto.

O trem anda, ele pula pra dentro de novo.

Um outro viajante que vinha acompanhando tudo resolve perguntar:

— Desculpa perguntar: mas, o senhor está indo pra onde?

PASSAGEIRO — Se o pescoço aguentá, eu vou inté Sum Paulo.

(A bênção, Jararaca e Ratinho)

# VIAJANTE DORMINHOCO

O trem de ferro Maria-fumaça ia de São Paulo pro Rio de Janeiro.

Os passageiros se abancando no vagão de segunda.

Um viajante chama o chefe e lhe propõe:

— Sêo chefe, eu sou viajante, estou indo para a cidade de Barra Mansa, a negócios. Como tenho o sono muito pesado e meu compromisso é muito sério e importante, antes de chegar a Barra Mansa, eu gostaria que o senhor me acordasse. Eu lhe dou uma gorjeta de 100 reais. Tudo bem? — E continua: — Mas, pelo amor de Deus, o senhor me acorde, hein. Se eu insistir em continuar dormindo, pode me sacudir, me estapear a cara, faça qualquer coisa, mas eu preciso estar em Barra Mansa de qualquer jeito.

O chefe diz que "tudo bem, tá combinado", e o viajante se abanca e, de muito cansado, já ferra no sono profundamente.

O trem segue seu destino. Já de madrugada o tal

viajante acorda do bom sono. Até estranha. Espreguiçando-se pergunta para outro passageiro:

— Ô moço, falta muito para Barra Mansa?

— Barra Manda? Xii, moço. Barra Mansa já ficou lá atrás. Já passamos Barra Mansa faz um tempão. Tamo quase chegando ao Rio de Janeiro.

O viajante espuma de raiva, pois o chefe não havia cumprido o combinado. Quando o avista, parte furioso pra cima do dito cujo:

— Como o senhor me apronta uma dessas, seu cretino? O senhor não me acordou, e agora?? Eu perdi meu compromisso. É muito prejuízo, seu cachorro sem-vergonha! Não sei onde estou que não te quebro a cara! Eu devia te estrangular aqui agora!

Duas velhinhas assistiam a bronca, e uma delas comenta:

— Nossa... como este homem está nervoso com o chefe, hein comadre?

E a outra:

— Você não viu nada, comadre. Precisava ver um que desceu em BARRA MANSA!

**Impressão e Acabamento | Gráfica Viena**
Todo papel desta obra possui certificação FSC® do fabricante.
Produzido conforme melhores práticas de gestão ambiental (ISO 14001)
www.graficaviena.com.br